北劍詩選

芒克

龚刚
李磊 主编

暨南大學出版社
JINAN UNIVERSITY PRESS

中国·广州

图书在版编目（CIP）数据

七剑诗选/龚刚，李磊主编．—广州：暨南大学出版社，2018.12
ISBN 978-7-5668-0640-6

Ⅰ.①七… Ⅱ.①龚…②李… Ⅲ.①诗集—中国—当代 Ⅳ.①I227

中国版本图书馆 CIP 数据核字（2018）第 270796 号

七剑诗选
QIJIAN SHIXUAN
主 编：龚 刚 李 磊

出 版 人：徐义雄
策划编辑：杜小陆
责任编辑：黄 球
责任校对：刘雨婷
责任印制：汤慧君 周一丹

出版发行：暨南大学出版社（510630）
电 话：总编室（8620）85221601
营销部（8620）85225284 85228291 85228292（邮购）
传 真：（8620）85221583（办公室） 85223774（营销部）
网 址：http://www.jnupress.com
排 版：广州良弓广告有限公司
印 刷：佛山市浩文彩色印刷有限公司
开 本：787mm×960mm 1/16
印 张：19.25
字 数：284 千
版 次：2018 年 12 月第 1 版
印 次：2018 年 12 月第 1 次
定 价：76.80 元

序：诗不孤，必有知己

杨　克

据美国人口普查局估计，2018 年元旦，全世界人口总数达 7 444 443 881 人。人海茫茫，熙熙攘攘，反而人与人的相遇相知殊为不易。古往今来诗篇汗牛充栋，诗人之间从素昧平生到深情厚谊，更需要因缘。倘若恰好凑成了在东西方文化里都充满神秘感的“七”，更应该想象成蕴藏于深邃星空里造物主的安排，敬畏且感恩。龚刚、杨卫东、李磊、罗国胜、张小平、薛武、朱坤领，七位来自天南海北的诗人，其中五个高校教师，一个商海 CEO，一个高中高级教师，因缘而聚，心意相通，近年来在微信群交流频繁而热烈，在诗歌圈颇有异彩，最近终于择诗作结集出版，相信日后也将成为一段佳话。

我一直好奇促成他们七人兄弟姐妹情谊的最大动因是什么。从古到今，文坛异视、诗人相轻屡见不鲜，所以应当是他们对彼此品格情操和志气趣味的赞赏和趋同性，至于相互之间翻阅旧作、品评新诗反而是确立友谊后的事情。而答案也许正浓缩在他们原有笔名之外、专为七人群体自命的别号——剑的意蕴之中。

剑在中国传统文化中被称为“百刃之君”，自古无数名士、贵族、将军和骚人墨客佩剑，以含智慧、藏内涵、怀气质的特性自喻，它形态修长光洁，气质优雅，品质刚毅。剑器名品繁多，剑式变幻灵动，没有哪种象征物比剑更适合烘托出诗人气质和作品。孔子七十二弟子、屈原、杜甫、白居易、辛弃疾等，频频作诗咏剑，以抒平生凌云壮志；所有中国诗人的超级偶像李太白，更是人、诗、剑、酒、仙气浑然一体的完美形象。电影《七剑》导演徐克也说过，剑是中国武侠文化特有的精神代号，它所包含的哲学、修养和熔铸的技术，在世界文化中也是独有的，这话正道出了七剑诗人的心声。

然而，古典诗人钟情于佩剑、咏剑，却极少以“剑”为字、为号，也许是因为剑终究是形而下的“器”，不适合与人并举，不如选择梅兰竹菊、清风明月等意象。而七剑作为现代人，却突破古人的心理禁忌，加上受梁羽生、金庸、古龙等武侠小说大家的熏陶，开宗明义、落落大方地以此自喻。

诗为心声，中国诗学提纲挈领是“诗言志”，“志”的丰富含义应该囊括人对自然和社会的全部感知，“在心为志，发言为诗”，诗能再现生活记忆、记录心灵投射、寄托美好理想，并塑造个体的独特人格魅力，营造出“诗意地栖居”的生活形态。七剑推崇的诗观源于袁宏道“独抒性灵，不拘格套”和袁枚“诗者，心之声也，情性所流露者也”的诗学主张，他们曾明确表示：要不拘一格地抒写真性情，用心灵去观察和感悟世间万物，杜绝矫揉造作和无病呻吟。这是兄弟七剑的创作之道，他们在表达个人情感时，追求更为高远的立意，有意识地变小我为大我，赋创作以社会性的意义，或者把深刻的思辨和修行融入诗中。因而，人如剑，诗亦如剑，刚柔相济、收放自如，矫若游龙，翩如惊鸿，高尚的精神境界和纯洁的诗歌品质，两者相辅相成。七位洒脱随性、不落俗套的诗人，正是以此“结盟”，他们不是纯粹意义的专业诗人，也无意当寻章摘句、雕琢词句的传统诗人，他们要做的是读万卷书、行万里路，阅万千世态风情而后化为诗篇，做不吐不快的真诗人。他们的交流与创作，旨在将对人生、家国乃至宇宙的敏锐体察和关怀转为艺术激情和价值理想的充分释放。七剑，正是他们对彼此人品诗品、人格诗格的高度认同和自我意象建构，以及诗歌追求方向的总体定位。

对他们粗有了解的朋友，很容易联想起阮籍、嵇康等竹林七贤的风采。的确，竹林七贤的出现，可谓汉语诗人独立自由写作的起源。尽管中国诗歌史往往从《诗经》开篇陈述，但真正艺术自觉、创作自由的文人诗要下溯到魏晋南北朝，才明确将个体情感与审美追求置于政治性、民众性、实用性之上。诗歌抒情、言志乃至消遣、逞才的审美用途，开始超过宣教、礼仪的政治功能，成为属于文人自己得心应手、自我认识与表达的方式，其发展推动唐诗登上高峰，更为重要的是，塑造了中国的士人、文人和诗人三位一体，这一在世界文化史绝无仅有的特性，自此后一千余年绵延不绝。

然而，竹林七贤在当时就已经以“名士”而非诗人著称，实际上除了阮籍、嵇康之外，流传于世的诗歌并不多，他们更多是作为哲学和广义上文化史的象征人物，以倡导“越名教而任自然”的理念和乖张放任的行为方式，作为对当时战争频繁的社会，对口头仁义礼教、实质杀戮篡位随时发生的政治生态的无声反抗。这样的生活方式和文学形式倘若套用在当代，既不合时宜也显得矫情，七剑诗人对于魏晋名士的理解和倾慕，必然是取其洒脱不羁，弃其怪诞乖张的。正因如此，七剑诗人的交往聚会，与其比喻成魏晋南北朝贵族士人偏安于竹林里、山泉边的曲水流觞，心怀着对世态政局的孤愤幽怨，享受遗世独立的片刻安宁，不如联想成盛世长安这么一组画面：市井行旅车水马龙，番邦商客、异国胡姬和驼队马帮穿插在三教九流人群中，平民诗人们身怀佩剑和诗囊，从天南地北应邀而至，久别重逢或邂逅新知，畅饮时举杯，论道时击剑拍案，行令消遣时抚琴色飞，吟唱新作时畅快淋漓，聆听思索时扼腕屏息，灵感降临时奋笔疾书，完全沉浸在至情至性的文化气氛中。事实上，这样的“青春诗会”不仅在唐朝，而且在从古至今的文学史上演绎过无数次，斗转星移，场景、主题、人物和作品常变，但以诗会友的文化创作与交流形式，一直是诗人生活和生命中不可或缺的部分。

如果说，诗人群体交往在魏晋还是特立独行的边缘行为，那么吟诗唱和在唐代已是官方和民间普遍推崇的高雅行为，是文化交往的常态方式，更是受过教育、有身份的行为标识。但凡唱和、赠答、宴会、告别、行旅、咏怀，乃至美刺、陈情、消遣、游戏……“不学诗，无以言”，诗人经常在聚会酬唱中，拿出新作分享，交流切磋，相互指正，有时候甚至是激烈竞技或严肃辩论，提升技艺的同时也深化情谊。

稍加留意会发现，七剑以及许多其他诗人群体的创作高峰期、交往兴盛期乃至诗集出版高潮，都在21世纪特别是近几年。这与我们身处的社会和文化环境不无关系：经济空前繁盛，教育普及，重视文艺，对外来文化的融会贯通，对文化遗产的继承发扬，当代创作者自身的努力突破，以及对于诗人最为关键的一环——通过网络自媒体实现交流互动的诗歌理念和实践，文化环境相对包容宽松。

唐代缔造了至今难以超越的古典文学、文化高峰；而如今，互联网和手机带来的诗歌曙光喷薄而出，微信朋友圈和微信群里诗风兴盛、诗群绽放应是不争之实，七剑和许许多多诗人团体，拥有了自发的交流环境，当代诗人借助移动通信工具，随时随地能和亲朋知己分享文字、声音和图像，远胜古人的鸿雁传书。七剑也不例外，除了偶尔的当面聚会，其诗歌交流更主要靠的是每天线上交流。他们建立"七剑下天山"微信群，虽然天各一方，却能时刻互晒诗作，切磋诗艺，经常发表、交流对诗歌、诗学和世界的理解与看法；偶尔也相互和诗，或者进行诗歌接龙。他们沉醉其中，苦心孤诣，互相鞭策，不断尝试各种体例，探索各种风格，糅合各种要素，甚至可以说呈现了一个有共同创作导向，有核心人物乃至具标志性作品的群体。

不少诗人曾在朋友圈里浏览过他们那组亦庄亦谐的喝酒打油诗，但倘若只凭这个去想象他们的创作内容，那是低估了他们严肃的诗歌品质和多样化风格。"得其意，忘其形"，他们身上焕发出古典诗人交往的风采，却没有拘泥于流俗，攀模古体格律诗词，或者简单地重复聚会里酬唱、同题同律的集中写作。如今面世的这些诗作，虽然每首诗作只署名一人，不少作品其实是在创作和修改过程中经过七人互相点评，反复修改而成，而且其创作灵感、生活素材等也往往是分享交流所得，说是七人精神上协力共同谱写，也不为过。他们中的绝大多数从事外语教学，作为专攻中西翻译、文化交流与比较研究的他们，业余仍坚持着现代新诗的个人化写作，以自由诗为主，兼攻组诗、仿古诗乃至汉俳等。据他们自己总结，七剑性情各异，却无一例外像呵护圣杯一样虔诚热爱诗歌，在学养和诗歌理念上，也有许多相通之处。其中，论剑、柔剑和灵剑都重视佛道修行和思辨；问剑和花剑都长于叙事，善于写长诗，常写乡土和民间题材；断剑和霜剑都追求简洁的句式和唯美的意境。我们也可以从灵剑的《七剑诗行》和霜剑的《七剑饮酒诗》这两首，集中概括地看到他们眼中兄弟们的生平际遇、创作特色以及欢聚畅饮场景。通读诗集后我们会认同，他们的创作的确有如武林高手"以气御剑"，神采飘逸、不拘一格又浑然天成、直指人心。因而在他们的诗歌中，强烈地流露出当代中国人对中国式问题的洞察、对中国式生存的慰藉、对中国生命的守护和热爱，以至于在更宽广、更深邃的维度去开掘诗性、灵性和神秘性的精神世界。

因而，七剑的创作也是当代汉语写作的一个缩影，新诗承担了以百年光阴实现三千年古典诗歌传统涅槃重生的艰巨任务，没有也不可能与传统遗产割裂，在继承中改造、在批古中复古，实际上延续着自春秋以来时移世易、波浪式向前发展而未曾中断的汉语诗歌发展史，并且“永远在路上”。当代诗人在保留汉语诗歌节奏鲜明、格式和谐、意象含蕴的基本美学追求的基础上，拥有了较之先贤更为广阔的诗化对象、跨文化的创作参照，拥有了古典诗人不可能拥有的生活形态、知识体系、思维方式和生存意识，具有博大胸怀和社会责任感，承载着更丰富的内涵，诸如自由、理性、博爱、和平、公义、真理等核心价值。

正如金庸世界的全真七子“天罡北斗阵”或者武当七侠“真武七截阵”，让本就功力不凡的剑客联合激发出更加奥妙无穷的威力，七剑，他们每一位的诗歌创作都已达到或接近优秀诗人的境界，他们选择合集出版，既是对高山流水遇知音的珍重，也触动了我们对个人诗集难以促生的思索。七人一心，七人一书，七组志趣相投又风采各异的文字线条，融合为照亮生活和历史的诗歌长虹，在广袤明朗的心灵世界盘旋交织出灵动溢彩的多维空间。借用系统科学的术语，这本诗歌合集发挥出独特的协同效应，“涌现”出个体诗集不具备的新属性。诗人们以诗歌为初心和归宿，建立并一直维系着友情，并通过珍而重之的出版发行，分享到更广阔的朋友圈和文化圈。他们通过审美式的把握和升华，传达对自己、他人和社会的整体认知情怀。这部诗集，呈现的不仅是几位好友的诗人创作史、聚会史乃至一种生活范式，亦可被看作一部新的微型的诗歌思想史、文化史。

诗歌，作为人类共同的语言艺术和精神空间的重要坐标，无论其创作过程何等孤独和何等个性，最原生和最持久的动力依然是与惺惺相惜的知音人分享，同时不介意向一切具善意、具包容力的新朋友随时敞开。也许这本诗集的读者当中，诗人、评论家只占一小部分，更多的是业余创作者和文学爱好者。透过诗集，他们能体验日常生活里的浪漫和好友欢聚时的尽兴，面对庸俗与荒诞的自我解脱，面临困惑与抉择的从容，缅怀乡土与往昔的温馨，悲悯苍生的坚毅，守护理想的倔强，从而不断契合出多种人生际遇和感悟的共鸣，真切感受到这个时代依然相信真善美的知识分子群体的精神风貌。

跟七剑一样，读者们作为置身21世纪生存世界的当代中国知识分子，既继承了丰盛的历史文化遗产，也拥有更开阔的国际文化背景，以独特眼光与言语去观察、思考、表述和分享当下的生存问题，并努力在被数码化传播和影像语言日渐主宰的传媒世界中，顽强地为朴素的文字写作和永恒的艺术形态坚守应有的尊严和话语空间。这也正是我乐于为之作序并向读者推荐的最大原因。甚至，更本质而言，人剑合一、诗剑合一、七人合一，我相信他们的终极追求还是天人合一，以生生不息的品格情趣和博大深沉的诗性生存，寄托着东方智慧在全球文明演化中的不懈追求。

孔子曰：德不孤，必有邻。

我要说：诗不孤，必有知己。

人生不可一日无诗歌，更不可一生无知己。亲爱的朋友，你准备好翻开诗集，开启邂逅之旅了吗?

前言：新性灵主义诗观

龚　刚

长诗与诗的本质相冲突。史诗、长篇叙事诗，以及《浮士德》式的诗剧，就像散文诗，本质上是跨文类。Burns is better than Chaucer in the name of poetry. 后者的《坎特伯雷故事集》明明就是 tales narrated in the poetic form。屈原的《离骚》、杜甫的《咏怀五百字》、李白的《蜀道难》、白居易的《长恨歌》，够长了，也不必再长，不能再长。张若虚《春江花月夜》孤篇冠唐，才多少字？海子的《祖国，或以梦为马》、穆旦的《诗八章》，算长了，也不必再长，不能再长。海子尝试写长诗《太阳·七部书》，结果失败了。当今有什么成功的长诗吗？好像没有。跨文类的不算。很多诗人没搞明白，长诗不等于大诗，包括海子。大诗就是以精短诗行涵盖一种精神、一个时代甚至一部历史，如顾城的《一代人》。对长诗的执迷，可以称为海子陷阱，译成英文是 Haizi's trap。

文饭诗酒——淘把米，煮一煮，就是饭；而把米酿成酒，需要漫长积淀。酒是粮食的精华，令灵魂燃烧。哪有那么多火？还是那句话，闪电没有抓住你的手，就不要写诗。

最近读了一位荆楚名家的诗，语言很成熟，情绪控制恰当，部分诗句颇具巧思，但尚无一首令我震撼。震撼不是指情感有多强烈，而是指表现力。问题就在这里，语言操练娴熟，但没有闪电式的照亮。诗人杨克的《人民》震撼人心，那种宏阔的涵盖力、朴素锐利的生活质感与扎实的反讽，是与现实的交锋，也是对现实的照亮。必须把诗与散文区别开来，闪电没有抓住你的手，就不要写诗。

海子的语言太舒服了，像自然生长出来的。有些玩旧诗的说新诗不行，纯属无知。李白、杜甫不可能写出《大自然》这种诗，张若虚也不行，语感不同，生活世界不同，认知与体验方式也不同。

有人说，海子出名是因为自杀。这种说法不是因为无知，就是出于忌妒。木心也值得关注。木心的诗，谦卑优雅中透着对俗世的不屑，很酷。他和海子构成奇异的对照。海子是天成的，木心是厚积的，诗语区别明显，但都出招奇诡，不可逆料。

很多长诗其实是短诗的组合。诗性语言源于灵感、兴会，而两者不常有，更难持续。

法国象征派诗人瓦雷里（Paul Valery）说："一百次产生灵感的瞬间也构不成一首长诗，因为长诗是一种延续性的发展，如同随时间变化的容貌，纯自然的诗情只是在心灵中产生的庞杂的形象和声音的意外相会。"

瓦氏的看法从反面印证了长诗（几百行或以上）不合诗性，因为，没有产生灵感的瞬间，不可能有诗。英国浪漫派诗人华兹华斯（William Wordsworth）所谓"诗于沉静中回味得之"的前提是，要有这个被闪电抓住的瞬间。而要把上百次闪电以逻辑贯串之，是几乎不可能的。当年柯勒律治写长诗 *Kubla Khan*（《忽必烈汗》），思路被打断，闪电消失了，诗也就写不下去了。

古希腊史诗《奥德赛》是成功的经典。但史诗是跨文类，不是纯诗。读《奥德赛》，主要当故事看，包括拜伦、普希金的长篇诗体小说《唐璜》和《叶甫盖尼·奥涅金》。

华兹华斯的《序曲》为自传长诗，其性质是长篇散文诗，也不是纯诗。读此作，主要看故事、经历及其人生哲学，其中也有警策之句，但单就诗艺而言，不如其短短一首《水仙花》（*The Daffodils*），甚至更短的《我心雀跃》（*My Heart Leaps Up*）：

My heart leaps up when I behold
A rainbow in the sky:
So was it when my life began;
So is it now I am a man;
So be it when I shall grow old,
Or let me die!
The Child is father of the Man;

And I could wish my days to be
Bound each to each by natural piety

短短数行道尽浪漫主义自然哲学精义和生之喜悦、死之坦然，语言大巧若拙，堪称大诗。

目　录
Contents

论剑（龚刚）的诗

论剑，龚刚，浙江杭州人，澳门大学中文系博士研究生导师，澳门文艺评论家协会副主席，《澳门人文学刊》主编，《外国文学研究》编委。著有《钱锺书与文艺的西潮》《现代性伦理叙事研究》《中西文学轻批评》《乘兴集》等专著、文集，在《文学跨学科研究》（A&HCI 收录）、《文学评论》、《外国文学评论》等学刊及论文集发表论文六十余篇，并于《诗刊》《散文》《随笔》《台港文学选刊》《香港文学》等报刊发表诸多诗文。有诗作入选《2003 中国年度最佳诗歌》，曾获全球华文散文大赛优秀奖、澳门文学奖小说组冠军，并有学术随笔被译成法文、意大利文。

1. 你和李白早有一场约会

我知道你是骑着唐马走的
你和李白早有一场约会
你迟迟没有赴约
因为你有九条命
剩下的一条　你要用来下酒
把岁月品出卤香

你早就蹚过了浅浅的海峡
你的乡愁
是坟里头的母亲
是策马行侠的盛唐

台北的冷雨你听过
黄河的栈道你走过
江南巷口的杏花
闻一闻　就醉了

你不喜欢哭哭啼啼的李煜
你总爱往清淡的日子　撒一点胡椒
有一次撒多了
吓走四个女婿
就像李白的醉书

吓走就吓走吧
只有误解的人
没有误解的爱

看过了花开
也看过了花谢
你放下酒杯
拍拍李白留下的五花马
淡淡一笑说　上路吧

2. 你要在市侩的额头写诗

你在暴风雨中夺门而出
迎接雨后的彩虹
你在康桥的草原上
骑车追赶夕阳
你在薄霜铺地的树林里
独自守候最细微的春信
你在翡冷翠奔赴大自然的约会
像裸体的孩子扑入母亲怀抱

你是李白的后裔
你是拜伦的知音
你是蔡元培的辩护律师
即使撞破头
也要捍卫灵魂的自由

你喜欢风
你喜欢云
你喜欢天上的飞鸟
你喜欢
超越尘世的一切

你爱过
不顾一切
燃烧一切
因为爱
所以爱

不需要公证
不需要脚注

你要在海滩上种花
你要在市侩的额头写诗
你要在遍布荆棘的大地上
像野马一样驰骋

1931 年的大雾
是你的宿命
你从大地起飞
再也没有回来

轻轻地你走了
正如你轻轻地来
雾
仍未散
风
继续吹

3. 致大海

你是无尽的远方，奥德修斯的流浪
你是麦哲伦的眺望，英格兰囚徒的哀叹
你是门德尔松的礼赞，所有从大地出逃者的向往

冥想的时候，你是风帆
滑翔伞，阳光和信天翁
愤怒的时候，你是金斯堡
贝多芬，不由分说的激情

你的内心深处，隐藏着
森林，草原，衰亡的历史
每一艘沉船，都是你对人生的叹息和预言

因你而设的港口，是矛盾重重的隐喻
回家和出发，疲惫和憧憬
在同一条航道，裂变，交叉

涨潮，退潮，是你起伏的韵脚，优雅的修辞
是茫茫天地间，自由的呼吸
生与死，盛与衰，隔着一座教堂和一盏灯塔

你是无尽的远方，奥德修斯的流浪，
你把尘世的一切，化为传说和梦想，
不可告人的奥秘，潜藏在贝壳的涡旋
奔跑的孩子，将它踩入沙滩的深处

4. 关于阿罕布拉宫

从云到云
从风到风
从水到水
帝国的版图
像血污一样漫延
像血污一样风干

八百年的岁月
被一笔勾销
阿拉伯文的雕饰
固守着回忆的据点

你的忧伤
如夕阳的落叶
与杀伐无关

5. 雪

满天的星星
轻轻晃了晃
一场大雪
穿过夜幕和树梢
落在
记忆的每个角落

二十年前的脚印
从飞狐出逃的雪径
从午夜狂欢的冰面
延伸到
今晚的路灯下

抖一抖睫毛
仿佛有雪花飘落
你抓住了什么

6. 上海青

绿色的波澜
瞬间凝固
回旋激荡的声息
隐约可辨

在菜贩的眼中
它成色十足
却不如一颗土豆

在厨娘的砧板上
它是待切的食材
和大葱无异

那个将它遗世独立的人
是真正的艺术家

从都市的深处
托出烟雨江南

7. 浪子归

桃花开了
远游的浪子走过四季
从千万里之外
蓦然站在湖边
断桥隐隐颤动

杨柳和风
拉近两山的倒影
一条鲤鱼
从望湖楼下游来
衔着苏东坡的酒杯

杭州的美
是上天遗漏的一首诗

8. 老照片（外二首）

多年前的冬天
一场酝酿已久的大雪
不期而至
孩子们一起冲向户外
奔跑，追逐，掷雪球
像一群野鹿
从心而出的笑容
溢出雪地
溢出岁月
……

此后的人生里
他们快乐吗
是否经历了苦难、背叛和绝望
是否像照片中那个卓尔不群的少年
独自站在雪中，仰望天空
徒手抓住雪花的同时
也抓住了命运

在历史的边缘
无数小人物悄然走过

舞台是英雄和丑角的
他们是观众
为别人揪心
也有自己的悲欢

那瞬间流露的无邪
看见了
就记住了

闻江南降雪感赋

江南的雪
说下就下了

山林，田野
高楼，大厦
隐入
茫茫天地

为雪所困的人
乘兴赏雪的人
走出地铁站的人
走进小酒馆的人
都在身后
留下长长的足印

我看不到江南
看不到雪
看不到童年
却听到了
雪花跌落湖水的声音

搓一搓手
还有雪球的余温

另一种可能

街道是灰色的
楼宇是密集的
行人是仓促的
没有第二种修辞

雪，是另一种可能
从现实到超现实
只是指尖的轻轻一滑

毫无逻辑的雪花
从所有方向落下
街道消失了

伙计，需要雪橇吗

9. 去年的绿

年夜深了
岁月如茶

水沸的那一刻
黑夜的帷幕
被爆竹撕裂

一边是光　一边是影
一边是半开的窗
一边是深锁的门

掀开隔夜的杯盖
一朵朵蜷曲的记忆
如风中的裙裾
徐徐绽开

那绕指的幽香
依然悬挂在去年三月的枝头

可时间的积雪
早已覆盖了迢遥的归路

10. 关于纪弦

五十年前
他把啤酒瓶想象成手榴弹
三十年前
他念着《你的名字》
越过大地的裂痕
（如日，如星，你的名字
如灯，如钻石，你的名字
如缤飞的火花，如闪电，你的名字
如原始森林的燃烧，你的名字）
潜入
每一个相爱者的灵魂

人类的历史是一个沙滩吗
画满各种语言的咒语
等待着
下一次涨潮

（月亮尚未升起）

11. 臧棣入门

臧棣是个营养师
臧棣说
无毒的诗其实很可怕
有点毒的诗最有营养
（莫非诗歌是河豚?）

臧棣和我非亲非故
他是哲学教授柏拉图的仇家
吾爱柏拉图
但更爱真理

很久很久以前
一对不听话的恋人咬了一口苹果
人类从此有了罪

2016 年的冬天
臧棣捡起果核
扔向上帝
划出漂亮的弧线

附：

平局入门

——仿龚刚兼仿陆渔

臧　棣

严肃的亮光，古老地

闪现在她迷人的眸子深处
多么骄傲，年轻时我不懂爱情

如今，岁月溢出死亡的边界
多么混蛋，终于轮到爱情
其实对我也一无所知

12. 漏网之鱼

提上吉他
收紧肚腩
揣着食指的残稿
剔掉最后一根白发

汪峰
八十年代的漏网之鱼
冲上二十一世纪的海岸
号召全世界的游荡者
一起摇摆

90 后笑了
00 后笑了
对于落伍的时髦
嗤之以鼻

泡沫在天空飞
引爆所有色彩
谁能将泡沫吹大
谁就有权开启香槟

存在不是虚无
愤怒只是卖点

13. 关于2016年诺贝尔文学奖授奖词

玷污了诗歌的贞洁
却以上帝的名义宣告
神灵不会写作
他们跳舞和唱歌

诗人们
你们饮酒无度自由散漫
或大腹便便
或肌肉松弛

从明天开始
跑步，健身，收束肚腩
从明天开始
向郭富城学艺
向麦当娜取经

让昆德拉继续思考虚无
让村上春树囚居挪威的森林
在艺术的圣殿里
肚皮舞娘是最新的诗神

14. 读陆渔

陆渔的爱情　如同
陆渔的上海
都是唱片上的刻纹
储存着
弄堂的栀子香　青春
和第一缕月光

留声机缓缓摇曳
是谁
脱下了时光的丝袜

15. 梅雨时节的雨

梅雨时节的雨
像一部冗长的电影
没完没了

花前月下的浪漫
只是一个传说

雨衣和雨伞
取代了所有时装

谁都不知道
何时才能走出
拖沓的情节

谁都不知道
上帝这位导演
何时才会切换镜头

命运是剧本
人生是脚注
灯亮了
雨还在下

附：

江南

——和龚刚《梅雨时节的雨》

陆　渔

连下了一个月梅雨
草木和土地，都吸饱了水
重重地耷拉下来

忽闻蝉鸣，雨霁风和
轻摇折扇，精神为之一舒
想想真是，无事小神仙

16. 直到火抓住风

有时候
不是你在写诗
而是诗在写你

有时候
不是你在体验人生
而是人生在体验它自己

有时候
不是你在调侃政治
而是政治在调侃你

黑夜之后
是白天

冬天之后
是春天

就这样面对生活吧

直到
灵感抓住你的手

直到
水变成酒

直到
火抓住风

17. 音乐会听到一半

音乐会听到一半
断电了
备用灯几经挣扎
照亮了一排后脑勺

金链比狗链粗的土豪
从鼻鼾中惊醒
伸了一个漫长的懒腰
肥厚的手掌
精准地落在
宠幸之处

（应姚风“音乐会听到一半”同题诗功课而作）

18. 可持续啤酒颂

到了美国
就喝 Budweiser
到了葡萄牙
就喝 Sagres
到了北大
就喝燕京
到了杭州
就喝绿雨
都是水里掺了点酒精
都是牙一嗑就能往嘴里灌
谁都能消费
谁都别装蒜
没有白酒暴烈
没有红酒尊贵
没有白兰地矫情
只有一点点醉意
一点点兴奋
不多也不少
像真正的友情

19. 无题

浓妆艳抹的耄耋花旦
轮番卖唱
换来几声预订的掌声

我向天吐了一个烟圈
不吐槽

20. 雾霾笼罩的日子

雾霾笼罩的日子
人与人的界限消失了
别墅的居民与棚户的居民
隔着看不见的人工河
同呼吸　共命运

无须变换口红的颜色
无须遮掩岁月的瘢痕
一副口罩
统一了所有行人的面容

21. 天鸽

这一次的飓风
像要把人吹离大地

数十年的排泄物
被大海倾吐一空

刺目的垃圾
勾勒出蛾眉形的海岸线

两只无人打扰的流浪狗
漫步七夕节的海滩

22. 黎明是一道减法

黎明是一道减法
人潮消逝　车流无踪
所有的道路
像大河一样宽广
晨曦微染飞鸟凌波的大地
如同天空的倒影
寂静的风声
是宇宙的呼吸
圣母无原罪的神谕降临了
我无意祈祷
只愿倾听
那古往今来的流云
恍如先知的诗行

23. 我喜欢站在夏日的树荫下

——再致 C. F.

我喜欢站在夏日的树荫下
那些重叠交错的树叶
相依相戏　唼喋轻语
把刺眼的阳光和天空
丢弃在另一个季节

我喜欢站在夏日的树荫下
触摸绕指而过的凉风
倾听隐约可辨的鸟声
像山泉中的游鱼
在岩石的夹缝中
自由地呼吸

我喜欢踮起双脚
走在裸露的根蔓上
走向草坪深处
专注于
一枚跌落草丛的露珠
把环伺四周　与远方为敌的高楼
抛在身后

我喜欢带着树荫旅行
我喜欢对着河流歌唱
我喜欢在公路的尽头
嗅到原野的气息

我喜欢　在树影朦胧的午夜
看着你的眼睛
那里有深情的月光
比岁月还要久远

24. 夏夜垂钓

穿过针孔的风
逗留在柔软的荷叶上
拨弄一颗水珠
水珠很轻　含着一枚月亮
从左到右
划出漂亮的弧线

我坐在湖边垂钓
手中握着一支啤酒
沉浸于清香四溢的宁静
身后的鱼篓里
有两颗星星在交谈

25. 饮茶

悠悠的普洱香
漫过唇舌　漫过这个城市的街巷

留下一缕
清涩的余音

有如　落花生的根茎
深深地　深深地扎入
久远的年代

那带泥的外壳　被轻轻叩开
灵魂夺门而出
闯入了一个
早已失传的传说

和它
依然坚硬的内核

26. 午睡入门

长椅闲着
石子路闲着
路灯闲着
午后的庭园
阳光正好
人类是多余的

一角天空
跌入倒后镜
正对着
躺在前座的司机

睁开眼
只剩一丛翠竹

到江南了吗
车子未动

27. 仿鲁迅或诗友余怒入门

我在一棵树前
安静地想象一棵树

它是另一棵树
它不是另一棵树

它在水中
它不在水中

随波起伏的游鱼
把自己想象成树叶

随风起伏的树叶
把自己想象成游鱼

阳光
无所不在

28. 黑沙村

从喧嚣的都市
拐进最后的乡村

经冬未凋的花朵
映照在纯净的阳光下
红得如此寂寞

青石板的小巷
从宽阔的停车场
伸向篱墙掩映的深处

墙内的几声犬吠
凉棚下的一堆洋酒瓶
诉说着随风而逝的故事

远处的海滩上
倾巢而出的村民们
用清晨摘菜的双手
将一串串油亮的鸡翅
送到营养过剩的游客手中

村公所前生锈的铁梯
独自指向辽远的天空
每一级台阶
都有历史的回声

29. 黑沙村纪事

从 2017 年的冬夜
裁下一枝野蔷薇
一枝勒杜鹃
一丛挂着洋桃的树叶
插入
1987 年的茅台酒瓶

三十年的光阴
转眼喝空
伴着
陈年的友情
冬菇炖肉的熏香

回家的时候
我带走了三分醉意
一角春天

30. 喝酒吧，兄弟

喝酒吧，兄弟
别管是真酒
还是假酒
也别管是希望
还是绝望

第一杯
是过去

第二杯
是未来

31. 赢家

埃菲尔铁塔
威尼斯水城
古罗马神像
从天而降
撑起一公里长的传奇

贡多拉来回穿梭
载着十方香客的梦

一枚枚筹码
掷向海面

会有所罗门王的宝藏吗
会有衔着金钥匙的鲤鱼
浮出水面吗

所有的奢望
都是自我催眠

从繁华中穿过的人
才是人生的赢家

32. 致所有市侩

你算清了每个人的价值
你算准了每件事的代价
你算出了诗歌的字数和玫瑰的重量
也算好了第一万步与第一万零一步的间距

你爱过
也没有爱过
你快乐过
也并不快乐

你是一根又湿又沉的木材
划亮一千根火柴
也无法将你点燃

我宁愿你是一根火柴
至少还有瞬间的光明
和无所顾忌的燃烧

33. 人民的名义
——读杨克《人民》有感

每一套住房都亮着灯火
每一桌宴席都不是炫耀
每一瓶酒都源自粮食
每一棵菜都源于大地

每一次呼吸都不需要过滤
每一次承诺都不是口号
每一次输赢都没有内幕
每一次歌唱都出自内心

每一座山林都新鲜如初
每一条河流都清澈见底
每一片草坪都自然生长
每一条道路都通向希望

我们对世界敞开
世界对我们敞开

也许还有乞丐
但不是因为机会被剥夺
也免不了失意者的悲鸣
但不是因为地位低贱
快乐只是快乐
忧伤只是忧伤

所有的界线
只剩下生死
那是科学和上帝的较量
和人民无关

问剑（杨卫东）的诗

问剑，杨卫东，湖北宜昌人，宜昌夷陵中学高级英语教师。坚守良知和信仰，在诗歌中找到温度和皈依。作品见诸各类报纸杂志，诗歌《家园》曾获全国“明珠杯”新诗大赛二等奖，《门外的风景》获建国四十周年新诗大赛一等奖。作品被多家诗选刊收录转载。出版过《亲情，友情，爱情》《独白与对话——杨卫东的诗》等个人专集。对诗歌的理解是：诗是泥土沉淀在血管后，由诗人随手写出的文字。主张日常词汇在陌生的语境生成诗意，诗歌贴近生活，尤其推崇微叙事在诗歌创作中的应用，我写我心，不拘格套。是新性灵主义的拥护者和践行者。反对空洞的、自言自语的和不食人间烟火的抒情。

1. 与那些陈旧的人对话 （组诗）

之一：给洛尔迦

又是吉他。你说吉他的呜咽开始了
黎明的酒杯碎了
说这话时，阿罕布拉宫
在夕阳中沉默。塔雷加还在通往回忆的路上走着
群山为你们多次转身

你为诗歌而生，正如盲人为黑夜而生
秋天为楼顶而生
帝国为废墟而生。从一个人身上
抽出骨头，把它们当作
诗歌的枴杖

我的诗歌迟钝，节奏缓慢。你说
船在水上，马在山中
就这么轻易地说出隐藏的宝藏
此时窗外的夜，像一群无家可归的孩子
冬天已经死去过两次

我们都在流浪。你私下告诉我
你不会要一整块面包，你要半块面包和一本书
你说聂鲁达离鲜血比墨水近
这些都是我不了解的事情
但我在你诗句的照耀下
感受人间的寒冷。洛尔迦

孩子和下午不认识你
长枪党的刽子手认识你
西班牙的风认识你。
多年后一个五十岁的男人认识你。一声枪响
橄榄树和黎明躲在秋天外
哭泣

之二：给特拉克尔

在金色和陨星之间
你的诗歌巨人般站立

在圣洁的蓝色之外
你的忧伤，虚无和永恒
活着。你在卡夫卡的近旁活着

你把不可说出的
表现出来。你的沉默是
黑色洞穴

当乌鸫在幽林呼唤
一个帝国在血泊中倒下
你说，寒风自我们的星球吹来

你看到埃利斯嘴唇
饮蓝色岩泉的冰凉
你看到夜垂下破损的额头，你还看到
我的忧伤和你的目光对视

二十七岁的诗人在可卡因的沉醉中

再也没有醒来
那个老妇人日夜重复你的名字

之三：给曼德尔施塔姆

你渴望赎回，渴望回到熟悉的城市
流亡的灵魂找不到家园的路

白桦林摇落信仰和真理
你和众多先驱者的白骨住在冰冷的牢狱

是的，你从来不是谁的同时代者
迷雾被远远抛在尘土的后面

你把忧伤，这宇宙的病症，吸进
你诗歌的血液中。四月足够用墨水痛哭

伏尔加不知道谜底，死亡的大地
也不知道。你说那个地方依然有光

当目光钉死在克里姆林宫的城墙上
头颅高高昂起，河流从不停止

白银时代的天才诗人啊，告诉我
天堂和人间哪里更寒冷

之四：给策兰

这个帅气的犹太人
用前半生躲避纳粹的子弹
用后半生在塞纳河边寻找自己的墓穴

这个杏仁脸的犹太人
用一生写诗。这个黑发黑眸的犹太人
永远只有 50 岁
当渔夫打捞起他的尸骨，他手中仍然
紧紧握住现代派的隐喻。这个

嗓音温柔的犹太人
《死亡赋格》中嗓音一点也不温柔
他知道死亡是来自德国的大师
他在宽宽的空中掘窄窄的墓
这个沉默的犹太人他用母语写诗
他说用外语，诗人就在撒谎。这个身材修长的犹太人
他没有祖国
他的祖国是他家乡的口音。这个

幽默和蔼的犹太人，他说
秋天从我手中吃它的叶子
是石头开花的时候了。他边数着杏仁
边想着母亲的苦难
让我们回到诗歌开始的地方。这时
词语和雪花自由飘落

策兰，你这诗歌的囚徒
一棵树——
高高的思想

之五：给艾基

楚瓦士的孩子。你的名字是楚瓦士
长满木房子的部落的名字
在那里人们都用诗歌取暖充饥

你从丛林来到城市
把睡眠般的诗歌献给普通人
你无家可归，在车站的昏暗中住下
跃入黑暗的灵魂沾满爱和信仰

白色在你笔下一望无际
啊，田野在你面前敞开
你用沉默控诉神的离开，你说
我们都在这世上桦树般瑟瑟响
你是一个事件的创造者
从词汇和韵律的岩石内部反判
把它们砸得满身是血

我能想象你的地下诗歌如同地下的红薯
它们相互拥抱并且等待
上帝般宁静与忍耐
你 8 岁就成了孤儿，（我也是孤儿，一直都是）是谁
在你心中灌注这么多柔软和坚硬
让你的诗歌流淌白昼的光
成为女人的丈夫和孩子的父亲

2. 我不让成熟弄脏半句诗行

明明已走进了遍地落叶
我急忙转身往回走。我喜欢青涩
不想让成熟弄脏
半句诗行。我选择生僻的路
那些到处是陷阱的野路
陌生的风吹得我浑身舒畅
迷失的快感妙不可言，为什么要
沦落到成熟的地步呢。明明

已走进漫山遍野的秋天
我急忙转身往回走，再朝前一步
就是寂寞的雪原。我追逐青涩
不想让成熟弄脏我递给尘世的唯一名片
我抓住悬崖伸过来的一根藤蔓
把自己交给新鲜的风

我在逻辑的岩石上磕了一下脚后跟
山谷那些金色的谎言
咧嘴笑起来。那些陈旧的足迹
从线装书里走出来
阳光正好照在我脸上

这就对了，我选择的这条岔路
果然通向起点

3. 颓废或其他

朋友说最近我的诗歌颓废
我说，50 岁还不颓废
你就来不及了，大约
颓废与秃顶有关，与秋天有关
雄性事物最后的抗争
高潮过后的沉寂。诗歌跟秋天商量
如何收拾残局
人在埋怨白天太短
50 岁还不颓废，你就来不及了

你的牛仔裤凸显不出你的骨头
医生说你对生活有功能障碍
四周都是枯枝败叶，水退化成冰
阳光的节拍比步履还慢，还有
交卷的时候快到了，你卷面还是空白
还不学会颓废
就来不及了。我另一个朋友说

我的诗越写越自在了
这两个朋友其实说的是一码事
无非是说秋天天气转凉
该吃的吃点该喝的喝点该那个的抓紧时间
别跟陈子昂似的没事找事
到幽州台上耍酒疯。这样一想

我就回过神来，50 岁是该颓废了

是该去自在地写诗
不玩技巧，不刨根问底
想到什么就写什么。不然
你就来不及了
内容要紧，形式靠边站
医生这么说

4. 十二只空心萝卜

我为那些不认识的爱情哭泣
也为活着奔波。我是个俗人
不知道表达，不知道诗歌该如何起兴
故园此刻正有下弦月在树枝上划破它的左脸

关于爱情，我在雪中找到踪迹
那年杉树林上悬挂的就是
我面对水说出我的寒冷，你面对水说出你的温暖
冬天呐，寂静的夜总有暗流涌动

芨芨草，车前子，菖蒲和那些熟悉的事物
从来都没有淡出我的视野
它们用清洗的方式走进我的生活
还把城市推出窗外
我为那些不认识的爱情哭泣
也为活着奔波。卡夫卡

我知道你的疼痛，下弦月划伤它的左脸
十二只空心萝卜又挂在我的门楣
夜风像神父说的那些话语

5. 登磨基山记

登一步就向上一步
坐下就原地不动，到山顶就该下来了
与哲学无关，与修辞和诗歌无关
与秋天和阳光有关
磨基山登过无数次，每次都很新鲜
周围的景致不断变幻
春天的风是少女的眼神
夏天的雨是散文中的排比句
秋天的树叶是一抹抹蚊子血
冬天的雪是我诗歌中的留白
就说登山。登一步就离天黑近一步
坐在那，其实时钟还在转
当我们登到山顶，一切归零
苦难，荣光，过往，当下都退后
芦花在天地间默颂着黄昏。回到起点

回到起点就是回到下一个轮回
路上见到的景致其实只有一次
路上见到的人也只有一次
我们的相见也只有一次。与哲学无关
与修辞和诗歌无关，与秋天和阳光有关
我们从秋天的山脚下搀扶着出发
阳光沿途照着，下山时起风了
一点都不冷

6. 再游大梁山

从分岔的地方向左拐，果然就找到了月亮洞
总是有许多分岔的路口。我们汲取了上次的教训
走有人走过的路，要开辟新路有多难
要把平淡的生活写出诗意有多难
秋天已经延伸到骨头和蛛网般的鱼尾纹上。毕竟登山不同于写诗
登山你得用理性牵住
自己的脚跟，半点闪失就是灭顶之灾
写诗可剑走偏锋。这样想着
我们就快登上山顶，会有什么未知等在那里。危险

一步步逼近。因为很少人真正登上来
多数人半途而废，东坡比我说得透彻
杜工部比我心大。我们站在风口浪尖
并没去比较众山的大小，我想知道
这月亮洞是月亮成全了洞，还是
洞让人想起月亮。重要的是
月亮洞的缺口再一次让我们却步
我们只得原路返回。又想到了于坚

他在《牟定的铁匠》中写过，美是
因为残缺与未曾遇见

7. 回到江南 （之二）

涉过水才抵达平静。水是动荡的根源
岁月在上游，悖论在彼岸
太阳这头猛兽吞噬尘世的虚妄
把一切嚼碎，又吐纳出一切
无声之水孕育万物
表面涂满黄金的温度，中间
是黑暗和冷的过程，最底层是河床
是承载历史的巨人的骨骼
涉过水就抵达平静。水是动荡的根源
人们在水中打捞宗教
不安的灵魂和渡船一起靠岸。你发现

你回到江南。回到最初的幸福
阳光无处不在，在树上，在屋顶，在
阴暗的内心。你发现
总有一条路通向秋天的田野
冬小麦顺理成章地萌芽
腐朽的落叶们一再给你让路
你从一棵草的颜色上辨别方向，村庄
就在你眼前。所有的疼痛都被大地
摘走，两只猫的尾巴上摇晃着
自由。夜晚来临

夜晚来临时你一点都不慌张
你陪自己说出闷在心里的想法
你想到哲理，人性，生死和诗歌

水在你之外默默地流着
你决心改掉怀旧的毛病，不去想七月或是初春
你抬头看见满天星光
因为你的江南没有什么遮挡天空

8. 在人间

我承认，我欺骗了一个少女的青春
直到今天我都没能兑现诺言
我承认，我曾把一只逃生的螃蟹抓回到沸腾的锅里，看着它眼神渐渐变凉
我偷过邻家菜园里的西红柿
还对陌生人翻过白眼，故意大声说话
想引起旁边的女孩注意。除了这些
我没干过更出格的事，诗歌为什么不放过我
总是在夜深人静的时候逼供
用春天的落花拷打我
用秋天的落叶拷打我
把夏天的池荷摇动给我看
把冬天的雪铺陈给我看
除了骨头和灵魂，我其实一无所有
除了爱你我没有过错，波德莱尔
除了悲悯我一无所长
我只不过在熟悉的面孔上看见陷阱
在誓言的背后看见背叛。你们为什么不放过我，艾略特
我把你的《荒原》背诵过 99 遍
还加上好多中文注脚，可是我一闭眼
矿难伸出残缺的手在我额头上划过
僵硬的劣质香水味道折磨我。阿多尼斯，我的孤独
也是一座花园，与你不同的是
我的花园里长满杂草，那花园也不属于我

我只是被按揭在里面的卑微的业主
我还有好多事情要做
孩子尚未成人，爱情已经苍老
我用什么支撑我的疼痛

9. 远离

远离人群和母亲的目光
你获得孤单的自由
深秋早已准备好承受一切
把树木和花草退守在最低的位置
风在穿行　太阳还未升起

一群蚂蚁在寻找自己的家
几片落叶在寻找从前的枝头

远处再远处是一座空空的城
挤满饥渴和挣扎。而这条无声的路上
多么富足
多么富足

远离人群和母亲的目光
你获得孤单的自由

10. 一棵白菜

（心外无物——王阳明）

来到这棵白菜面前
她的颜色和你的心同时点燃
白菜是白菜
你是你
你看它　它是白菜
你不看它　它还是白菜
你想它　它可能就是农夫粗糙的手
白菜因你的到来而娇羞
你因白菜的娇羞而怜爱
白菜问你的心情
你问白菜的寂寥
你们的目光交织
白菜的周围是阳光和风
你的周围是时间和记忆
你的影子投在白菜上
白菜的影子印在你心里
你未看白菜时
白菜独自站在那
你来看白菜时
白菜从四面八方进入你
你还是你
白菜成了你的一个部分
白菜还是白菜
你成了白菜的一点牵挂

白菜会想有一个人
看见自己的孤独与无助
你会想有一棵白菜
它曾经青春给你看
它会消亡
它会到哪里
一如你的宿命

11. 这些灯火

这些灯火叼着烟斗
在深秋的屋檐下聚赌。夜在身后凉着
我清醒如一滴酒，对于明天
毫无把握。我行走在线装书的夹缝中
想和那些争吵的句子讲和。这些灯火

因为熟悉而陌生，我是他们的人质
赌局进行到后半夜。夜在身后凉着
秋天的上半身已埋进土里，对于明天
我毫无把握。我吃这些长满虫子的文字
身子单薄如一张废纸。我是他们的

人质，这场赌局输掉了半生岁月
夜在身后凉着。如果我不开口
我那么清醒干什么。这些争吵的句子
从一开始就对我充满敌意，对于明天我毫无把握

12. 那些覆盖阳光的屋顶

那些屋顶覆盖阳光
故事各不相同
散文赤着脚
诗歌骑高头大马　那些屋顶
在阳光下醒来
在风中伸懒腰
情节从故事里走出来
有的紧凑有的松散
三个石榴般饱满
七个秋天般破碎

那些屋顶覆盖阳光
阳光下住着人类
散文有悟透的结局
诗歌欲言又止
风从远处吹来
走着走着就迷路
我站在路边
望着这些熟悉的屋顶
如一株野草

13. 避开

避开空洞的激情，避开冷却的树叶
目光停留在平凡的事物和它们
对这个世界表达的淡淡诗意。比如
棉铃在风中等待一只手的温度，比如
橘园里挂满金黄的灯。对于秋天

写到露水就应该停笔，再写下去
白发荒芜成草书般的芦苇，水凉了
阳光躲在栅栏的背后，像有一声无一声的虫鸣。缓慢的影子
拖在地上索索地响

避开空洞的激情，避开死去的树叶
如果你是诗人，你会听见平凡的事物
诗意的表达

14. 谈到诗歌

谈到诗歌，叶子就落下来
满地的秋天，像腐朽的诺言
你把昨日唤醒，一寸寸
喧嚣退去，夜一直走过我扁平的鼻梁。说
我们都不再年轻，说
没有什么可挣脱时间的锁。谈到诗歌

露水就沾上十月的睫毛
树木因经受而沉默
花朵因绽放而凋零。冷暖自知的生命
在月光下来回捡拾
自己。我其实想告诉你

谈到诗歌，我想了又想
什么也不想说

15. 再读《边城》

爷爷把船牵到对岸去时
十五岁的翠翠心儿有些乱了
豆绿的溪水，白色的塔
竹雀的尾巴在林中穿梭

端午节的龙船划过来时
十五岁的翠翠心儿有些软了
傩送送的鸭子肥着呢
吊脚楼上吹拂夏夜的风

走车路你就请媒婆
走马路你就唱情歌
十五岁的翠翠心儿有些慌了
碧溪岨高崖上夜半歌声把翠翠浮起来

山雨来了，爷爷死了
十五岁的翠翠望着渡口发呆
傩送坐船下桃源会回来吗
黄狗守着后山上新垒的坟

16. 到松滋老城吃了顿饭

一群留守乡村的年轻人
为庆祝拿到驾照涉水行车几十公里
到松滋老城吃了顿饭
为什么去那么远呢
一个猪贩子在那吃过说那里菜好吃
回来的路上我想起余秀华的诗
穿越大半个中国去睡你
为什么去那么远呢
无非是觉得你好睡
这样一想就明白了不少的事情
比如菜，爱情和诗歌
每个人都好自己做主
除非你是上帝，你不能强迫任何人喜欢你或嫌弃你
你离得再近我不喜欢就不去吃
你写得再好我不喜欢就不去读
你长得再美我不喜欢就不去睡
这似乎有了点自由的意思
我在夜风中看得不是很清晰
秋雨又像老婆的唠叨让人心烦，不过
我还是觉得这顿饭吃得值

17. 乡村密码（组诗）

之一：素描

蜗牛成了房奴后
摆出胜利的 pose

牛主宰草地的沉默
在思考明天的活计

路装得下小黄车的孤独
青杏用青色遮住青青的乳房

荷叶总是在正午敞开心扉
沉默中迎接风的抚摸

因为有彼岸
才在此岸长久停留

刚怀孕的豆荚
羞涩和幸福遮挡不住

藤蔓准备牵到更高处
再结出你期待的瓜

博大才能平静
狭窄常常溢出

长不成参天大树
做一株辣椒也不错

之三：发现

沿着野草行走的方向
就能找到家园。城市的话语里
隐藏太多弯道和混凝土，在乡下

七月的夜晚浮在蟋蟀和蝈蝈的住所旁
时而真实，时而虚幻
一闭眼就回到四十年之前

青藤，草和树木
始终在你身边
远处屋顶上的星星后半夜
才用露水濯足

新媳妇闹出些微的动静
蛙声相约而止
整个村庄小成萤火虫尾巴上的一点光亮

之五：果园

开花，孕育，采摘
之后是长久的孤独和守候
果园的主人是它的仆人和父亲
果园是主人的儿女

当花朵绽放枝头
主人是年轻的王子

三千宠爱，巧笑倩兮
打马走过江南，江南万种风情

孕育总是苦涩和幸福
不安的回望如长空中飞过的雁阵
当枝叶繁茂，阳光和雨露喂养
关也关不住的羞赧。渴盼

渴盼又慌张
女儿为谁哭泣
迎亲的马车翻过山梁
尘土轻沾秋天的门楣

空。望不到边的落寞
果园里有风走过
主人的脚印长出根系
两鬓爬满冬天的雪

之八：清扫

像清扫满地的回忆
有几片落叶，几粒尘土，几件
想了又放下的事情

人这一辈子说长也长说短也短
长的如苦痛，短的
如快乐

老父亲大清早在清扫庭院
他要把昨天和前天的残留清扫干净
敞开大门迎接今天

时间在猫的眼中放慢
老父亲的老迈和清瘦却加快脚步
低头拾起什么又扔下

扔下春夏，拾起秋冬

18. 这一天什么也没发生

一只蝴蝶驮着夏天飞行了两丈远
停下来喘气。阳光赤着脚
把鞋子忘在了云朵里，这一天

什么也没发生。玉兰花正在变老
文竹试探着把藤牵到时间之外
一只翠鸟守在池塘边，像是守候一次约会

风照例翻检陈年旧账，人闲下来
就坐立不安。正如这个午后
还会有谁在词汇的沙滩上捡拾贝壳
这一天

什么都没发生，其实
什么都发生过了。鹰在地上投下影子
像童年吹落的旧军帽

19. 瓜果熟了

我从布谷鸟的叫声中
纠出三个错别字
渡口停在那里
船驶向彼岸。这多么像
故乡坐在寂寞中
人穿行于职场和爱情中
瓜果熟了。她们没想过
为谁而熟，身旁的玉米知道
都一把白胡子了
好多事情早已想明白
熟了，只要证明自己能熟
就足够。别人怎么看
关我什么事呢。布谷鸟总是把字读错
还有蜻蜓舞姿过于随意
根本没按人的想象，她们
泊在空中又迅疾折转，和熟透的瓜
撞个满怀

肯定还有很多我不曾知道的真相
乡下的一切都是新的

20. 我坐在阳台和六月之间

我坐在阳台和六月之间
院落一棵铁树开着乳白的花
我想说什么，她都替我说了
接下来就是等待
有点像天空等待云朵，或者
夜行人等待远方的萤火

家中的米缸告罄，这是童年常有的事
那时就恓惶。现在好了
隔壁就有超市，所以铁树想告诉我的
与这些无关
六月总是闷热，一有心事
人就成了热锅上的蚂蚁

海子说从明天起要做个幸福的人
我已没有耐心等到明天
从现在开始我就动身
赶在天黑之前把房庭打扫干净
把门和窗户都打开

21. 晚安，宜昌（组诗三首）

之一

太阳在西边的山顶最后打了个喷嚏
她回家了，什么也没带走。在她走后
才注意到她走了，身边就没有一个人
陪我度过这段灰蒙蒙的时间，像
褪色的黑白照片。窗口挂着带有血迹的病号服
那种可疑的布景，仿佛一个健康的人
躺在床上，注视着病入膏肓的周围世界。太阳
在西边山顶上打了个喷嚏，其实
她并没有患感冒，她回家了
什么也没带走。我突然感觉到手术室关闭的刹那
带走和留下丝毫没有差别
带走的已留下，留下的已带走
这就好比我说到的太阳，她
带走热情也留下了热情。五月的傍晚
蝙蝠总是游弋于村庄的炊烟旁，炊烟像村庄
长出的缓慢的，纠缠的白胡子
随便一张罗，就有三五个乡里乡亲
陪你度过灰蒙蒙的时间。窗口那件
可疑的病号服还挂在那，天刚擦黑
我背过身去说声：晚安，宜昌

之二

暮色把远处的房子和近处的树一件件从我的视线搬走

风轻轻敲打，苍老的脸轻轻承受
一只蚂蚁匆匆回家，两声布谷落在去年的窗台上
我的想法比秃顶上残留的毛发还珍贵。其实
我站在那，什么也没想起

我从四楼的中医科病室挪下来去收拾贴在地面的两棵树的长长的影子
它们好像比我的诗歌
更空灵，更无依无靠。为了
转移疼痛，我把天边的晚霞想象成
她写给我的第一封情书

白天一寸寸退去，像脚底下这双
破旧的拖鞋就要被扔进黑暗的垃圾箱。暮色
把远处的房子和近处的树一件件从我视线搬走，留下
空白

之三

把手机留在外面。留在外面的还有
妻子的眼神，自家的钥匙，明天的课程和
五月的阳光，手术室的门徐徐关闭

时间在无影灯上凝结，麻醉师精准的针脚
在脊椎游动。哪里有痛苦就让哪里失去知觉，身体在分裂
精神和人格也在分裂

失重的感觉就是无枝可依。挣扎着
回到现在，脑子里填满过去和明天
挣扎找到地面，那地面是一面

硕大的，死寂的，白色的，动荡的墙
我沉沉睡去。五月

花生的嫩苗从地里拱出来，玉米淡绿的身躯
初恋般在风中摇曳，鸟叫声挤在树上
蜻蜓的红尾巴落在她的发梢。我恍惚中
听到手术刀在我身上弹奏

灯光熄灭。门开启
一大堆无奈的今天涌过来
麻醉褪去，疼痛醒来

22. 我用诗句挑衅这个世界

我用诗句挑衅权贵，那些高高在上的云朵
我俯下身子亲吻尘沙和卑微的草
我的诗句一剑封喉，在五月
扯一段阳光拭去血迹。我的诗句
响马般踏过时间的河流

我用诗句挑衅沉默，那些渐渐死去的激情。我把绿色
赠送给爱的人，把荒原留给自己
我的诗句惊涛骇浪，冲破世俗的堤坝
用孩子的目光
清洗腐朽的一切。我用

诗句挑衅这个世界，暗淡下去的灯
良知被逼为娼，神圣背井离乡
我的诗句野火般烧穿雾霭
我让灵魂重新找到家园

23. 嵇康在阳光下弹完《广陵散》

嵇康长得帅
他的长相帅如庄子的《逍遥游》
岩岩若孤松之独立
嵇康用诗书把自己喂饱后
不思功名，每天在大树下打铁
他在醉后用打铁醒酒
也用所打铁器换酒买醉
有个仙人赏识嵇康
就在星夜教会他《广陵散》
这首曲子弹奏的是他的人生
没有别人能重复
有个叫钟会的小人听不懂《广陵散》
就向司马昭告密说这还了得
说杀了嵇康才能醇正风俗
司马昭之心　路人皆知
嵇康在刑场上面对
三千名为他请愿的太学生开始弹奏《广陵散》
琴声铺天盖地
他想起阮籍和山涛
阮籍是他的灵魂知己
山涛是他的诤友
他想阮籍会在不久后寻他而去
而山涛，那位他写下绝交书的朋友
会替他照顾好他的儿子
音乐声戛然而止，公元 263 年夏天
39 岁的嵇康弹奏的《广陵散》
现在还在历史的隧洞回响

24. 关于河流

删去所有形容词和状语
剩下告别，水和泥沙
河流就是人的一生。它的源头
始于宁静，热爱和阵痛
高处的风吹醒奔腾的渴望
如同离开母亲获得
孤单的自由。关于河流
我不得不说到阳光，雨水甚至
承载它的大地
阳光给它流淌的力量，雨水浇灌它的智慧，大地
引领思维向前。删去
形容词，状语和苦难的过程

河流的归宿
重新回到宁静

25. 我用一些词汇遮掩春天的敏感部位

邪念藤蔓般吱吱生长。为了一己私利
我在向阳的山坡拔起一根
开满蓝色花朵的树苗。我想带回去
养在自家的阳台上
就在群山的眼皮底下，当着森林的面
我想盗走大地的孩子。小小的树根
被拔出地面的一刹那，罪恶感
山风般吹遍我的全身。我四面张望
想寻找一个借口安慰自己，想寻找一些词汇
遮掩春天的敏感部位

高高的绿色和野花们把身子斜向一边，阳光就照下来
正好洒落在小树苗的
尸体上

26. 去了一趟大王山

风景有三个要素：天，地，人
大王山的天，蓝得忧伤，地，静成
惊蛰前的虫鸣，人，见到四个
我想一一道来。第一个
站在分岔路口，去给中洲村 6 组的丈母插青
我们把他捎上，结果他把我们带到
登山的终点。因为他的目的地
就在终点，引路人
总能把你引到他的终点
山顶上一派残冬光景。牛粪，羊脚窝
在衰草旁等待春天
我们把阳光请到山顶，喝酒，吃馒头，小便
和山间行走的风一起转悠
就找到大王山的绝壁
像人生一样陡，一样险，一样未知
我们下山。隔了一个世纪
来到没人烟的文昌宫
漫无目的地走，沿路寻找人的影子
三五八户人家不见一缕炊烟
一老妪像天外来客。这是第二个人
她七十来岁，守着两条狗
和孤独的庭院。她说孩子们出门打工去了。途中又遇一六旬老汉
骑摩托车把赵队长带走，带走的还有我们的指望。我们指望
他返回 50 公里外的起点
去取车。人间四月芳菲尽

山顶夜风仍刺骨。赵队长走了
我们步入南垭村等候。第四个人登场
她是乡村小超市经理
人长得乡村，心地也乡村
没怎么出过门没什么坏心思
不大可能红杏出墙。我们就等
像等待初恋情人那样
等待赵队长的车。两个小时
两万五千里那么长，终于回来了

老婆没吃晚饭就睡了
我还是把带回家的青菜打理好
喝了一杯！一个字：爽

27. 认识萨特

（人是一个永久的彼处，人就是希望——萨特）

我在这里，就是我在远方
我在花朵的眼中
看到孕育的苦楚和收获的幸福
我从一滴水中听到海的激情
从春天的嘴唇上
吮到夕阳酿造的蜜。萨特说
石块不会有希望，因为
他们愚蠢地生活在现在
而我们，我和你
把目光投向远方更远方
总有一片属于自己的天空和草地
适合安放不安分的灵魂

在我之外，除了物就是他人
我和萨特讨论，我想上帝也是他人
事物和他人注视我和我的希望和疼痛
春天只有我自己知道
风比往年暖和，草的颜色似乎
更青了。这正如我的感知
你看没看见远处夜色中的灯塔
那是历史在对着现实假笑

28. 荒城 （组诗）

之一

夏天流尽最后一滴血
渐渐冷却的叶子上反射
衰老的光。停留在视线之外
一串雁影。那叫声圆润饱满如
微微秋风中颤抖的石榴
是时候了，我和你
从枯黄的草丛旁辨认归去的方向
这些冷漠的鹅卵石，这些迷路的汽车尾气，这些阴森的婴儿奶粉
这些囚笼般古板的楼层
死死守住它们的隐私。正如始终没有
开口说话的这座荒城，艾略特看到
伦敦桥上鱼贯而入的人群
他在现实的对面递过来眼神，说
是时候了，我和你
匆匆逃离现场，像两条挣脱网的鱼

夏天流尽了最后一滴血

之二

阳光只是照在河流的表面。于坚看见
河流内部的冷和黑色

警觉的试探如下水道里蠕动的鼠尾
小商贩出没在昏暗的灯光下
有人从路边的野店出来，身上
沾满疲倦和满足。八月啊，桂花
刚刚睁开眼睛。菊在东篱的寂寞中
等待陶令的脚步声
教堂的钟撞落尘土和枯叶
陌生的人们赶赴冰冷的现场。我和你
两条挣脱网的鱼
游弋在布满浮萍的沟渠。这不是河流
这是初秋深埋心底的一道亮光
顺着它走，很多忠诚的灵魂
就在季节的交织中守护。那么
快些！再快些！夏天已经流干
最后一滴血，渐渐冷却的叶子
沾满冗长的蝉鸣
我们还没走出这座荒城的残垣
天色暗下来，马匹的眼里写满饥饿和迟疑
夕阳即将被黑色的担架抬走（我听见
诗人叹了口气）
影子在身后拖长成单程列车

之三

黄昏像躺在手术台上了乙醚的病人
我也从但丁的《神曲》旁路过
我跟在身后，像他的仆人
庞德在地铁上看到的面孔
湿漉漉的，像春天在哭泣。歌声
这些找不到解药的蛊毒

站在门外就能嗅到腐肉的气息
像神汉手持桃木剑的眼神
我说这路边长满骆驼刺和车前草
水在哪里，水呢
少女的乳房开放在干瘪的掌心
月亮已经升起，它从唐诗中伸出赤脚
在楼顶上擦它苍白的背
还有什么割舍不下，我和你
诗歌是我们最后的晚餐
谁出卖了高贵和孤独，谁出卖了
这座荒城最后的驻守。看吧
秋风正打屋檐下走过
荻花把它的羽毛吹得遍地都是

之四

拂尘牵着阉人走远，宫廷明争暗斗
《洗冤录》洗不净历史和现实的污垢
这座荒城在夜的掩护下
蝙蝠般捕捉食欲和贪婪。一只手
翻覆之间风云变幻。倒下去的
是曾经站立的，只有那些躺着的干尸
在金字塔里安睡。希腊，罗马
巴比伦，印度，古老的华夏
这些千奇百怪的名字在荒城游走
如雨后的蚯蚓翻起
湿润的肚皮。家是永远的远方
寿木店的老板打量每一个过路人的身段
船夫把船撑到岸上后
静静等待竹篙能重新长成竹子。那么

是时候了，我和你
脉脉回望城头的枯萎
夏天流完了最后一滴血。渐渐冷却的
叶子，旗帜般在风中悸动

是的，我们要去寻找魂和
村庄

花剑（李磊）的诗

花剑，李磊，湖北浠水人，仲恺农业工程学院外国语学院院长、教授。曾就读于华中师范大学、华中科技大学、美国堪萨斯大学。广东省外国语言文学协会理事、全国农业院校语言文学协会常务理事，湖北作协会员。曾在《诗刊》、《人民日报》、*China Daily*、《星星》、《长江文艺》、《诗歌报月刊》、《外国文学研究》、《译林》、《外语教学》、《山东外语教学》等30多家核心刊物发表诗歌、译作和评论文章400余篇。出版英汉对译诗集《风雪大别山》等2部。其诗作曾入选《中国新诗年编1983》和诗刊社《1985年诗选》，《中国当代大学生诗选》和《湖北新时期文学大系》等20多个选本。曾主持教育部和广东省哲学社会科学项目和质量工程项目等14项。曾获《飞天》“大学生诗苑”诗歌奖，湖北“楚天杯”诗歌比赛一等奖等。

1. 谈起巴河，我泪流满面

谈起巴河，我就转移话题
巴河水奔淌在我的血液之中
别人爱她，只是欣赏美和宁静
比如荷塘飘出清香，桃花环抱着
太阳的村庄，或者月光洒在木屋上
而我不同，巴河是我曲折的影子
是家，是爱和归宿
我的母亲生活在这里，父亲的坟
也埋在这里，村头的大钟
在风中响起，如我的心跳
因此，我不能谈巴河
一谈巴河，我就泪流满面

但我又不得不时刻谈起巴河
只要我活着就无法绕开她
我的第一声啼哭落在石头上
所以我坚强，即使被人踩在脚下
我也是一条道路，宽容、坦荡
巴河水洗刷了我的创痛
让我保持着心灵的干净
而我的女人是随桃花一起流走的
那是孤独的日子我唯一的果实
她是巴河上最美的女人
爱如烈火，因此也最先毁于爱情
所以巴河是我的宿命，我无法绕开
绕开她，我就泪流满面

其实，我离开巴河已经很久了
但巴河却如我的灵魂一样深邃
父亲的声音依旧让我恐惧
还有树木和田野
还有除夕燃烧的灶火
瓷碗与米酒，时刻闪烁在我梦中
在异地，我默默地活着
即使不做辱没巴河名声的事
我也无法平静，因为
只要有巴河的口音从风中传来
我就禁不住泪流满面

2. 又回巴河

其实，我可以继续把巴河写得很美
继续写巴河是生命曲折的影子
继续写桃花荡漾在水面
土坯屋飘出炊烟，还有
上学的小路曲曲弯弯细又长
一直通向迷雾的远方

如今，我又回到老巴河上
河边低矮的乡村，一朵朵桃花开放
而好看的桃花姑娘却被流水带走
看不到她在河边洗脚的样子
还有那勾人的花布衣裳
人们说：她是被金钱和梦带走的
心跳得最快的女人
常常会死于颜色

母亲老了，白发像白雪一样的白
这是她一年中最快乐的日子
她的脸在灶火中笑成一朵桃花
捧给我花生、红枣和蚕豆
还有留了一年的白糖
巴河人活得其实很简单
一次燃烧的灶火
就是一回简单的幸福
而那一瞬间如此辉煌

久别重逢，我心情沉重
内心的阴影在饭桌上扩散
姐姐说父亲的坟头长满了荒草
老娘舅病了，他的女儿想在城里
谋个工作，谈个城里的对象
儿时的玩伴也不知漂到了哪里
他们的孩子却要到几十里外上学
村口的大钟在风中已经生锈了
巴河还是原来的样子
简单地活着，不容易地活着
活着活着就活出了希望

我的巴河，我宿命的故乡
我的黑夜已黑过了你的深度
我的痛苦已痛过了你的宽度
这不是我一个人的痛苦
桃花开过，土地空洞得让人惧怕
不知哪家的胡琴拉出阵阵哀伤
我的母亲生活在这里，父亲的坟
也埋在这里，我也会埋在这里
我一事无成，空留下满身疲倦
却有一盏灯在把我等待
我看见母亲站在孤独的桃花树下
脸上有一朵枯萎的桃花
花瓣纷纷落下，恰恰掩盖了这个
叫作巴河的夜晚

3. 我的旧木箱

打开儿时的旧木箱
是我的作业本，铅笔头和橡皮
还有父母发黄的照片
他们已经很老了，一辈子命比纸薄
当年我抱怨为什么我出生在巴河
而没有像其他的人一样
晒着城市的阳光

木箱里还有姐姐的照片
这个村里最美的姑娘
为了我能继续读书，她十五岁
就出嫁了，嫁到了远方
巴河女人，一生的命运就是
镶几朵巴河的浪花，从此
巴河只是一种层层叠叠的回忆

旧木箱伴我度过了童年和少年
那些日子，木箱是我唯一的寄托
那里有一件白色的褂子，还有
蓝色的裤子和排节目才能穿的白球鞋
还有腌好的梅干菜，辣椒和扁豆
还有奶奶偷偷藏下的白糖
因此，从十三岁起，我就知道
一个穷家的孩子要学会自己
温暖自己，以及漫长的人生中
酸甜苦辣的味道

4. 我的妹妹

夜幕用黑色一个劲地涂抹星星
涂抹这棵有点弯曲的梧桐树
城市的彩色大厦，闪闪的玻璃墙
一格一格地分割夜空

斜倚暮色斜倚老梧桐
想家想巴河想妈妈
远处也没有月光和星星吗
我那星星般闪亮的妹妹呢
此时你在哪儿？此时你在干什么
长头发甩来甩去
正逗引巴河上涌起的碎浪吗
好看的脸像天地间淡淡的霞光
把你的笑声和我的心照亮

而那时我却忽略了你
普普通通的女孩
巴河水泡得有点黄瘦的女孩
穿着朴素方格褂子的女孩
脸上过早地烙上忧郁
却把一颗最能吃苦和温柔的心交给我
交给在巴河的浪头上写诗的哥哥
只有一次我拉你到一棵老槐树下
给你讲花朵、阳光和谣曲
于是一些不为人知的秘密延伸着
这时我便天天跑到那棵树下

等着轻抚你长长的蓬松的秀发

三月我离开家
沿着巴河的水去结识城市
你泪眼迷茫跑了一程又一程
我不敢回头，也许你在想
远方，巴河的尽头是长江的岸
神奇的哥哥在哪里
暮色沉重，夕阳像你孤独的心
在微微战栗
而我总凝住呼吸
回忆老巴河岸上那棵老槐树

5. 大别山人

雪季来临，大风会告诉雪中的窗户
拉满窗帘，把温暖保存
此时，大别山人站在门口眺望
手里握一把种子，吹去沙土
一粒粒沉重地数着
手是一片未冻伤的土地
岁月往往在手心中生长起来

播种的时刻，一切杂念
都随流水消失，包括丰收的欲望
大别山人懂得：走在季节的前头
脚步往往会轻松一些
在土地上踏实地劳动
生命也会渐渐光荣起来

肯定也有些忧伤的事
大别山人就围坐在八仙桌旁
抽一支烟或者喝一碗老米酒
让沉重的雨把眼睛打湿
尔后相互一笑再默默地垂下头
庄稼人凭着力气吃饭
耕耘田野也耕耘爱情
欢笑和认命是生活的主要方式

董必武明白这个道理
在坚强的心中割开缺口

藏着忧伤，把泥腿子们点成火把
李先念沉重地锯开木材
在黑色的世界，把大别山人制成土枪
韩先楚挥舞着粗大的铁锤
把破损的草帽锻打成铜锣和镰刀
大别山人都以自己的方式
在战火中前赴后继地献出鲜血
组成了红色旗帜的悲壮一角

大别山人结实，肌肉里凸着力量
在朴素的面孔里把光辉深藏
大别山人沉默，语言在麦穗上饱满
连石头都吐出理想的芬芳
大别山人顽强，在烧焦的土地上
种植着清新的空气和阳光

我也是一名粗糙的大别山人
明净的天空下我长得很壮
每当我走在乡间小路上
与朴素的乡亲们站在一起
总有一种想低头的感觉

永远与生活平行
或许这正是每一个大别山人
接近大地的唯一选择

6. 一个多雾的早晨

一个多雾的早晨
我来到七里坪窄小的街头
街道像一根线，在风中颤抖
方向迷失，声音和鸟都已消逝
一群冰冷的目光望着我
向日葵一样期待阳光和晴朗的空气

一个农民匆匆地走过我的身旁
瘦小的影子像根枝条在雾中摇曳
在枝头上，开放着头发凌乱的花
我不知道他在口袋里摸索什么
是否在寻找身体内血的温暖

七里坪用迷雾限制了它的面积
低矮的房屋消失在大别山上密林深处
红色的山谷在烟中生长
早晨已经起床，只是太阳迟疑的脚步
把时间叠在床头

据说这里的人都是活动的石头
赤裸裸的然而坚强，血气方刚
从窄小的街道冲出，赤着脚
泥点溅满路边的木板墙
在迷茫的夜晚，为共和国踩出道路
星星般明亮而宽敞
让今天的我们悠闲地走着

他们是大地上的雪夜英雄
没有名字甚至永远被人遗忘
只有七里坪石板路上的深深裂痕
记载着当时的脚步是多么沉重

倒水河残存的流水，冷冷地
流向山腰，它凝集着
七里坪女人太多的眼泪
然而在今天，一个迷雾的早晨
河水喃喃告诉我，告诉中国
这是民族永恒的遗产

七里坪，方圆七里的窄小山路
迷雾的街道，大山在雾中起伏
早晨的迷蒙，那是奔波的人们
从宽阔的胸脯中呼出的阵阵热气

7. 农人

我们最朴素的想法
就是让日子过得舒坦些
早晨开门看天
从一朵云中观察风向
夜晚关门睡觉
偶尔也做一些噩梦和美梦
农人太累，只好大睡一场

即使在农忙的季节里
我们也只是比往日起得早些
在歇息的时候有碗水喝，有根烟抽
尔后回家与老婆聊上几句
关于今年的雨水与收成
还有儿子上学
但在更多的日子里
我们只是埋头干活
偶尔也望一望庄稼的长势

我们都不是隐藏悲欢的人
隐藏悲欢是城里人的事
每一个人的一生
总有那么几段辉煌与黯淡的情节
就像电影放映在脑际
忧伤时便大哭一场
不像女人总在墙角与灶边流泪
农人的日子总不能浸泡在陈旧的水里

每一顶草帽下
都有一方泥土
那沉重的阴影
就是生我养我的故乡

我们的一生别无所求
只要对得起良心
也不妨骂几句世界
但我们希望儿女们出息
到外面的世界走走
不像我们
总徘徊在窄窄的田埂

8. 在京九铁路上，一群人匆匆穿过

这些人，是大别山的某些部分
犹如石头和流水
在岁月的风雪中默默消逝
他们，在铁路上匆匆穿过
一只脚迈向未来
另一只脚依旧踩着过去的风景

而铁路的光芒
照亮了这些面孔黝黑的人
在麦地和贫穷的命运中
也曾攀缘过阳光和月色
但最终还是回到黄土地里
变成稻米和谷物
他们因劳作而衰老
常常忽略生命里的美好时光
以坚强和韧性孕育朴素的村落

他们从黑暗土坯屋里出来
从幽深的密林中，从风雪中
从浑浊的眼睛里出来
用双脚和心灵试探铁路的坚实程度
丈量铁路的长短
他们才是铁路上最牢固的枕木
或者石子
如果没有了他们
一切道路都毫无意义

9. 一种设想

绿草苍苍，白雾茫茫
今夜，最美的你停在水中央
你说想家了，一个满是桃花的地方
季节完成，是否还带着你的芬芳

不是放弃，是简洁的呼唤
是比爱情更有韧性的梦想
这个世界，人坚硬的外壳其实很薄
轻轻一个叹息就让一切破碎

我看见你被冬天照亮的手指
在纯净的白雪里不停地闪烁
过去我并不知道
荒凉的爱情，就居住在你的心上

风在更远处敲打小窗
皮肤在更深处滑过梦想
最美的你在笑容中展开
我突然发现，我是如此狼狈和慌张

你的眼睛是不是春天的通知
给了我另一个努力的方向
雪夜的房间里，你还会等我吗
犹如冬天那暖暖的太阳

10. 一次偶然

疼痛藏在心底，远去的城市
一片静寂，桃花树下
我又看到了最美的你
此时的街道在风中抖动
你神色匆匆，为我
揩去激动的眼泪

生活要求我常常忆你
生活也要求我常常把你忘记
今夜，古城的风鼓满了自由
在疲惫和忧伤中，我们
终于找到了抗衡世界的勇气

我可以拥有整个世界
但为何偏偏缺少最美的你
你烈焰的红唇弄伤我的生命
那么，当你再看到我的时候
是否依然那样随意

一千次爱还是一种爱
一万次幻灭还是一回幻灭
接着虚空，继而宁静与哭泣
难道爱情真是一把岁月之刀
剥开你我，像剥开乡村
饱满的蚕豆，又把我们合二为一
你在颤抖中呼唤

我在颤抖中叹息

背影后的小镇，最美的家
已变得很低很低
我们该把什么遗留在这里
除了沉重的步履还有你最美的
微笑，使我这颗已经不再年轻的心
在苍茫的风中闪烁不熄

11. 你的夜晚是否与我的夜晚一样

黑夜在黑夜里流淌
清寂的鸟群，什么时候
掠过我的村庄，乡村
一无所有，桃花开放的季节
你的背影是我唯一的风景
倾听流水的声音
在我的灵魂里停歇
你的夜晚是否与我的夜晚一样

许多次忧伤与幸福
如午夜的灯盏，在胡琴声里
上升成一种高度
每到风起之夜，从扬子江的古岸
你款款而来，裙裾飘袂
仿佛一轮明月，照亮我红豆的相思
你的夜晚是否与我的夜晚一样

夜色孤寂，在梦里流动
我的今夜是月下的一棵瘦竹
杜甫绝句中花朵溅出的眼泪
而心灵的泪水能湿润
这薄薄的夜色吗？所有的情绪
隐藏在你淡淡的气息里
温馨如花，把黑夜彻底香透
你的夜晚是否与我的夜晚一样

12. 常想让自己做个温情的人

常想让自己做个温情的人
在寒夜里，为女人买回粉红的手套
或沿着雨巷行走
期望遇到一个丁香般的姑娘
为她抹去伤痕和泪痕

在一些夜晚，我灵魂激荡
城市的灯火下面，我是唯一的黑影
那些夜晚，我没有朋友
而远方的爱人
你的疼痛关乎我的生命
在一些不为人知的时刻
我是一双沉默的眼睛
为你穿透黑暗

而在白天，我是一个简单的人
把心灵轻松地打开
温柔，纯粹，通体透明
平静地活着并常常做梦
安抚时间就像安抚一个雨中的女人
因此我发誓：我不流泪
因为不能再让我的女人伤心

季节匆匆，带不走什么
留下的都是岁月的孤影
从此我将接纳悲凉的欢乐人生

在我笑意满怀的眼中
经过我的女人，我为你祝福
直到夜色将你和我
更加美妙地加深

13. 午夜丁香

丁香照亮了春天的夜晚
一些回忆从花朵中醒来
你从丁香中醒来
而美丽的事情渐渐暗淡
相恋的人们，不要流泪
最爱的人儿常常离你最远

灵魂渴望自己的伴侣，孤独流浪
许多面孔若隐若现
看惯尘世的喧嚣，变化的风雨
幸福还有背叛，唯有你
任一缕暗香把我激动
绝非偶然

宿命的爱情常常与生俱来
用你消逝的名字夜夜为我取暖
丁香照耀着你，这种寂静呼唤存在
其实存在过的常常不复存在
这个夜晚没有梦，丁香寒意刺骨
爱情的另一面特别具有痛感

风吹过去，往事随风飘远
时间和空间
已为你构成心与心的连环
想想吧，曾经有过一双宽厚的手
把彼此的心灵抚慰
那么，疼痛的味道已很淡很淡

14. 最美的你，梦境抵达的地方

窄窄的街道，秋风在响
最美的你，让我变得感动而无望
水说：爱来自心底，美来自你
想想与你相识是那样激动
想想这尘土的道路还那样漫长
最美的你，是我梦想抵达的地方

其实，你就居住在我爱的位置上
瞬时找到一个你，找到
一个绝对一个完满一种渴望
情感中走动的时光总是那样新鲜
在没有天空和飞鸟的睡眠里
让我为你洗涤受伤的翅膀
这美丽的动作，就像每一个清晨
你的生命里散发出的淡淡幽香

我游历过半个地球，从东方到西方
不曾改变什么
不激动不做作也不盛开花的模样
爱是某种孤独中的自觉
在季节转换的阶梯上
看你一眼我还要去静静流浪

感谢命运，在我一生的流程中
是你给我带来欢乐与忧伤
在你最美的眼睛里，迷人的红唇上

我活得自由爱得疯狂
怀念你的微笑，倾听秋风再一次浩荡
我的房门在风中关闭和开启
抬头远望，你和你故乡温情的土地
最美的你，在我梦中又是一片金黄

15. 另一种期待

我知道我是生活在另一种感觉
另一种不折不扣的期待当中
我是在白日梦里，在美丽的黑暗中
思念某一个人

我努力不叫出一个人的名字
让花期错过，让我所有的真实
掩盖事物的脉络
这个季节，还有什么东西
比哑巴的嘴唇更有魅力

我的目光布满忧郁，也布满
快乐的颜色，我静静地保持
很酷的饥渴姿态
或许永远就是这样的姿势
耗费我薄薄的一生

我依旧不叫出那个亲切的名字
另一种期待奔腾在悲剧当中
悲剧是一枚果实，含在嘴里
常品味苦涩，我预感某些事情
将突然来临，改变我的一生

16. 在路上

该回家的人都回家了，而我
还在路上，想些温暖的事
我的祖国，你好！
本想迎着阳光为你祝福
但窗外下着雨，我不抱怨
我的爱人和家在我身边
还有麦田和树林，还有
许多在路上的人们，还有
我的遥远的朋友，他们
写诗，恋爱，繁衍
即使在痛和孤独的时刻
和我一样，让幸福一点点
走入生命，走入每一次简单的问候
此刻，我看见一只淋湿的鸟
停在悬铃木上，它飞不动
是否和我一样焦急地等待

今天，我的祖国，中秋的故乡
让我把幸福传递给你吧
忧郁的欢乐是否更柔软一些
让生命重新开始吧
如同昨天，如同每一个平常日子
如同这些等待的人们
如同这只淋湿的鸟
如同远处青翠的山与流水

我要守护每一个节日，一个女人
一轮月亮还有一角蓝天
我们就会坚强地生活下去
就这么简单

17. 青苔关的月光

月亮在山尖游动，沉默的
诗人眼藏光芒，青苔关已经疲惫
唯有心灵的声音在夜里跳动
此时，是谁独自醒着
惊讶这个世界在黑暗中
也依旧那么动人

也许，我该满足了
我一事无成，空留下满身疲倦
却有一个神秘的夜晚把我等待
一个人能平安地完成一生
是一件不容易的事
我为何不沉浸在迷人的月色里
为何不活得更加潇洒一些
把生命里即将到来的痛苦和悲凉
再一次推迟下去

我，一个歌唱爱的诗人
常在孤独的夜里说些温柔的话
并不是故意忽略生命里沉重的部分
我常想：生存已经不易
我们一生的奋斗，无非是去爱一个家
或者一个女人，或者这个世界
我为何要在月光下流出眼泪
让我深爱的女人们伤心

既然，我在诗歌里尽力回避的东西
会在平常的岁月里展示
犹如一把锋利的刀，慢慢地割去
生命里最漂亮的部分
写几首美丽的小诗，已无法减轻
心灵痛苦的程度
既然我依然弄不清是生活还是爱情
让我们低下高傲的头颅
我为何不用些欢快的语言
重新调整生命的节奏
好好生活，彼此相爱

18. 我是不是得了一种病

其实，我身体健康
经常打羽毛球，我的家幸福
老婆漂亮，儿子也争气
还有很大的房子，宝马车和钱
但我总是觉得心里有东西堵着
早晨起床，就觉得很闷
昨夜的梦是酸的，反胃
咳出来的是血，唾沫黏黏的
我是不是得了一种病

在开车去上班的路上
我看见车很挤，人也很挤
眼睛也很挤，把道路
给塞满了，我想超过去
但没有成功，有的车超过去了
尾灯还向我示威
这时，我就想撞上它，搞场事故
我是不是得了一种病

这样，我一天都感觉不好
无精打采，老想摔东西
与同事发火，或者打电话给老婆
故意提些让她生气的事情
接着就在电话里吵，让同事们烦
这样我反而轻松多了
我是不是得了一种病

夜晚，月亮出来，很美
月光照在我身上，我觉得像虫子
在身上爬，感到好痒
于是，我站在阳台上
看飞机飞过
看会不会掉下来，或者朗诵诗歌
向楼下搞怪
每当邻居上来投诉
我就用诗句与他们讲道理
你说，我是不是得了一种病

19. 我的诗人朋友

我的朋友都是诗人，或者是
经常读诗的人，他们心中有梦想
比如在中秋节，想与嫦娥约会
还想把月饼做得比月亮大
他们还很善良，比如
看见一只羊受伤，心会颤抖一下
看见一位老人倒地，还想
走上去扶一把，看见一朵花枯了
还去浇一碗水，虽然他们与我一样
工作不称心，老想着与老婆离婚
还有心里不痛快
但他们总把酒杯和友情斟得满满的
总是把诗歌写得很漂亮
或者朗诵得字正腔圆

有一次，我约了一位朋友来我家
谈诗歌，谈结构和技巧还有先锋意识
他老是看短信，我问他为什么
他说老婆病了，孩子没人接
还有一次，我约一个女孩子来
她特别喜欢我的诗
说我的诗总让她流泪，但这次她没来
我等了好几天，最后得知
她嫁给了一个埃塞俄比亚人

我恨不得让所有的人都会写诗

或者经常读诗，从诗中找到
生活里缺少的东西，比如诗的美感
或者觉醒意识，还有青春和爱情
但我失败了，每天回家
老婆就对我说，今天该你洗碗

20. 我为什么总是睡不着

每晚十点，我准时上床
但总睡不着，闭着眼睛就想些
伟大的事情，比如：我什么时候
可能当上总统，牛郎与织女
啥时候在银河里结婚，还有
土豆和茄子杂交会长成什么样子
有时候，也想点身边的事
比如：远方的父母身体可好
单位的领导是否对我刮目相看，还有
晴雯到底撕了几把扇子
翻来覆去，就想骂几句
世间的这些破事总让我操心

好不容易睡着了，就老做梦
梦见自己像个伟人，站在山顶上
右手抬起：世界潮流浩浩荡荡
有时也像个诗人，夹一根烟
低头沉思：在家乡的柔波里
我甘愿做一条水草，突然一只脚
踢过来，老婆说：还让不让人睡觉

其实疲惫之后，有谁不想
睡上一个好觉。但一些病痛总是
如期而至，比如痛风夺走了我
一周的好梦，还有高血压、高血脂

和高血糖，那么多脏东西
在我血液里循环，使我无法入睡
但最大的病根在于
我为什么总是醒着

21. 阿罕布拉宫的废墟

我说过一切辉煌都是废墟的重复
威严的宫殿，女人与欲望
还有心中想占有的一切
不会比废墟活得更久
那些幻想以及后辈的君王
在时间面前不堪一击

我说过夕阳之后的夜晚有些潮湿
伟大的记忆只会被爱情记住
曾经动人的音乐，完美的建筑
催人泪下的爱与背叛，还有
战斗与荣光，最终
让一群蝼蚁和蛇虫无情占领
有一只鸟飞过，也许是乌鸦
黑色的翅膀使时光变得更深

我说过一切废墟最终都属于诗人
在音乐和节奏里复活
在叹息和感叹中纯粹
废墟只是废墟，与爱无关
与辉煌无关，只与时间有关
告诉世界：曾经经历过的一切
我们还会经历一遍

22. 乡愁与哀愁
——悼念余光中先生

余光中先生走了，终年90岁。中国伟大的诗人走了，一曲《乡愁》缠绕着整个中国，写尽了中国人爱和流浪的情怀。先生走了，但诗歌永恒。也唱支乡愁，悼念光中先生。

——题记

先生走了，把乡愁也带到天上
乡村只剩下哀愁，月光洒在
幽暗的土坯屋顶，剥蚀的
老墙淌着雨水，村头的槐树下
蜷缩着老人与狗，破落的乡村
我们还要乡愁有什么用

先生说乡愁是一枚邮票
把无尽的思念寄回家，可乡村
已经很久没有邮车的到来
池塘如一滴眼泪，流水
带走了女人和绿色
白雪覆盖田野，空洞的乡村
我们还要乡愁有什么用

乡村只有哀愁，只有盼望
远方的男人何时从白雪中归来
正月的灶火何时再点亮
乡村的窗棂，还有桃花般的姐姐
不再远嫁他乡，哀愁的乡村
何时再一次缠绕着先生的乡愁

23. 走进北大

这是北京的秋天，落叶如金
我来到北大，兼容并包的地方
我寻找蔡元培的北大
李大钊和独秀先生的北大
还有毛泽东的北大，他们
把自由和共产带给这片土地
北大生长了思想和主义
我的母亲中国，第一次
有了恋爱和独立的向往

我寻找海子的北大，戈麦和一禾的
北大，还有我兄弟史成芳的北大
未名湖在诗和爱中痛苦，渴望
在时间的概念里寻觅
可他们都死了，有的毁于爱情
有的毁于高尚，北大
也是生长诗意和死亡的地方

今天我来到这里，在冬青树
遮掩的灰房子里沉思，在校门口
叫卖的小商贩手中买点零食
校内校外的人都很匆忙
厚德载物，养家糊口
在伟大的北大完美融合。而我
一个大别山的诗人，在北方的冷风中
在北大，只想找一块干净的地方
安歇我浮躁的灵魂

24. 未名湖记忆

未名湖是钱穆取的名字
柳影婆娑，周围环绕着冬青树
榆树，山桃花还有变黄的红叶
博雅塔倒映在夕阳里
挺拔与柔软在湖上交合
把北大弄得很美很多情

未名湖就是不想出名的意思
因为北大无须证明什么
北大活得自由，湖水一样收敛
所以，胡适之用一根芦苇
写白话情诗，还发起新文化运动
讲师鲁迅在垂柳下彷徨与呐喊
一边画阿 Q 一边悼念女学生
辜鸿铭摘下瓜皮帽，在湖边
静静地梳洗着长辫子，拷问中国
什么时候剪掉心中的辫子
情种徐志摩迷恋林小姐，道一声
再别康桥，还登了第一篇离婚启事
最搞笑的是边城土著沈从文
在胡同的雨中为女学生朗诵诗歌
居然抱得美人归。未名湖的北大
在任何时候都平静地出格
外未名而内博雅
活得自然，活出人性
一只眼睛追寻民主与科学

另一只眼睛瞅瞅变幻风景

他们都不是大师，因为
大师们都埋到了湖底。据说
王国维跳了下去，没什么声响
陈寅恪在湖边立一块碑：
自由之思想，独立之精神
为学术和价值立了一座丰碑
老舍也跳了湖，没有四世同堂
身上只留下最后的五分钱
那是荒谬年代最扭曲的一跳
还有一些大师也埋在湖底
灵魂像一条鱼。陈寅恪
没有跳湖，却刺瞎双眼
让习惯光明的眼睛去习惯黑暗
大师的未名湖，活得忧患
死得尊严，湖水平静如初
却把传统与精神留在岸上

未名湖的冬天，凉风很凉
熙熙攘攘的人们穿着厚衣裳
一个诗人的影子拖在湖面上
有的人，坐在鸢尾花边
晒着太阳，但更多的人
在晾晒思想

25. 仰望博雅塔

博雅塔值得仰望，本是座水塔
四周摇曳几朵小黄花，矮冬青
还有飘逸的绿柳树
塔身不高，灰蒙蒙的
也辉映不了午后耀眼的光
只是夕阳落幕的时候
博雅塔摇晃在未名湖水上
像只孤独的船

蔡元培来这里汲水，把自由的
思想，包容的情怀融入水中
这位永远的校长，构筑了
博雅塔永远的基座
博得优雅，雅得渊博
从此，来取水的人，脊梁挺拔些
热血也滚烫些，情感也丰富些
北大，终于博雅得一塌糊涂

狂狷的刘文典来了，首先
讽刺着泛酸的文人，再踢
老蒋一脚，把博雅发挥到极致
儒生梁漱溟来了，漫谈传统与文化
为民族血脉和乡村建设
不妨与伟人吵上一架
我的老乡蕲春的黄侃也来了
把馒头蘸着墨水，为说文解字

注上音韵，用满腹经纶点缀
美女学生闺房里的红色窗花
只有季羡林老实些，一边
把梵文解读得通晓明晰，一边
站在博雅塔下，为新生照看行李
可大师们都死了，有的死于狂傲
有的死于风骨，有的死于忠诚
他们的骨头使博雅塔高大
让我们只有仰望

大师们死了，但灵魂不灭
北大精神不灭，北大不灭
乐黛云穿透历史的烟尘
寻求天人合一与多元文化对称
潮州人陈平原走出文学的书屋
“不务正业”，大谈教育和创造
还有城市风物，成了北大潮人
和蔼的钱理群搞先锋诗歌
让不着调的诗人，一边高喊觉醒
一边盯着文学的肾上腺
还有我的老师许渊冲，在电视台
读书，把“三美”弄得晕晕的
古典翻译变成美人留情
还有年轻帅气的龚刚，不好好
在澳门教书，却到处大谈儒学
还要把鲁迅请回中学课本
北大终归还是原来的北大
简朴、敦厚也外向
让自由变成个性
让科学变得多情
一根根脊梁，不会在冬天里弯腰

也不会在春日里媚俗
他们不是大师，大师们都死了
他们是博雅塔的层层砖石
博雅塔虽矮，但我们依旧仰望

今天，我也来到博雅塔下仰望
捧几滴清水洗去污垢
折一根柳枝鞭打灵魂
在博雅塔下，我问自己
在这秋风扫去落叶的季节
北大很冷的冬日，我能否活得
冷暖自知，潇洒自如

断剑（罗国胜）的诗

断剑，罗国胜，安徽安庆人，70后，高中学历。诗人，某公司CEO。1990年开始在《诗歌报月刊》《安庆日报》《安徽文学》《诗歌报年鉴》等海内外报刊发表作品并录入各种诗集年鉴。曾因故一度搁笔，一个喜欢诗歌的喑哑者。接受并推崇沈天鸿先生的诗歌美学观点，认为诗歌承担对哲学的思考，诗拒绝回答，回答是哲学家的事情，因此诗必须是隐喻，具有张力。

1. 无题·少年游系列

之一

那时　我们给春天写信
春风十里　春风十里
那时　我们给月光写信
月色倾城　月色倾城

多么美　多么美
那时我们有大把的时光
我们有大把的时光

之二

这是一个多么正确的时代
百姓放火　州官点灯

我们在这里相识　在这里四处逃离

从一个城市到另一个城市
从一个秋天到另一个秋天

步履不停　我们在岁月安身立命

我们没有收到春天的回信
春风十里　春风十里
亦没有收到月光的回信

月色倾城　月色倾城

我们只是找寻

“轻易放弃之人　怎能被春天惦记?”

之三

有多远的距离?
隔着那个少年游的春天

你笑一下　我手中的宝剑抖动一次
你哭一下　我手中的宝剑抖动一次
你沉默不语　我手中的宝剑抖动不停

你是最美的新娘

我把手里的宝剑掷向那个春天
折戟沉沙　落荒而逃

之四

站台　渡口　这么多年
风把我们吹成春天的一团柳絮
吹成冬天的一片雪花

在万家灯火中闪闪发亮

迷途不返　迷途不返

“我们在灰烬里盗取火种

在流水里找回时光”

之五

如今　我们归来
迷途知返　断臂求生

“在忧伤的人间做一个快乐的人
在快乐的人间做一个忧伤的人”

之六

多么快意！曾经我们对着春天
视而不见　一骑绝尘
忘却拔出各自的宝剑

抽刀断水　抽刀断水
我们的宝剑削铁如泥

重临灰烬　我们狭路相逢
拔出的宝剑依然削铁如泥
而我们在人间却锈迹斑斑

之七

今天会有多少玫瑰在燃烧或者凋零？
爱或者被爱

我对你说过
赵雷的歌唱没有打动我
打动我的是结局没有音乐伴奏

天籁一样的童音
舞台角落里那个女孩
泪流满面的哭泣

阴雨绵绵的故乡小城
阳光明媚的你

我们在失散多年的月光里重返

那个在月色里找寻月色的老妇人是谁？
瘦骨嶙峋　干瘪的乳房
是我的祖母吗？还是我的母亲？

不，肯定不是你

灯光熄灭的小城
我们是两盏不灭的灯火
古老的夜色依旧年轻
我们却一败涂地

之八

爱一个人可以爱多久？

这世间凡事都得需要反复论证与被论证

“那么美好的年轻岁月
我们遇见却没有爱上”

现在我踏上归程
满头飘着白雪

携带着体内一块从未取出的石头
一起抵达

我会在一个大雪的傍晚
我们熟悉的路边
取出石头
席地而坐　一动不动

雪慢慢地覆盖了尘世

石头和我像一枚坟冢

熟悉的月光和《一剪梅》升起来
在坟冢上晃动

多么浪漫

你一定还在　肯定来到我坟前
“这么多年　忘掉多好”

也一定会把当年的月光和音乐挪开
让我静静安睡

之九

风和日丽　岸芷汀兰
你蝶一般涉水而来
又惊鸿般离去

我忍不住化作一条鱼独自
游进少年游的春天

那布满你身影的河流
有着我怎样的孤单和落寞
花开花谢　潮起潮落
我每年春天都洄游至此
一生一世

之十

当你转身离开
那个月色倾城的夜晚

我想我再也不能
把月光捧起来洒向你的秀发
或者挂在你的窗前

到后来我发现天空
飘着月色时也飘着雪花

只是月光落满你的肩头
雪花落满我的肩头

之十一

记得追逐的那只红色蜻蜓
飞过那年夏天的一个傍晚
雨水洗涤后的天空
荷塘　蝉鸣　晚风

它们是透明的干净的

没有岁月的深浅
你是透明的　干净的
我也是透明的　干净的

之十二

怀念同学李有才。

——题记

若我不回来
或者我和同学们不回忆不谈论起你
那该有多好！

对于这一切都从未发生

二十六年后我回来
打算和同学们去你家
给你一个惊喜
告诉你我这二十六年里时光的转变
无神论到有神论　然后成为基督徒
只是还不够圣洁
确信有来生

多么美好，兄弟！有来生！
我们再次从头开始

你一定会牵着你的新婚妻子
避免那场车祸
我也一定不会仗剑天涯
写那些无用的诗歌
我们带着自己心仪的美人

我们的日子风清云淡
我们的爱情波澜不惊

我们是一群卑微的蚂蚁
囿于故乡的小城
又无敌于天下

（清瘦的面孔，大眼，单薄的身躯，干练的同学李有才，新婚未满月，与新娘回娘家，在一场车祸中离开人世。给我印象最深的一句话是：这是我家，去喝口水吧。他指着他的家对我说。我没有去。谁知道再也没有机会去了！悲乎!）

2. 无题系列

之一

隔着尘世间的风雨
“我　多么的想念你”
“还好吗？是否还记得那年花开”

不说了，这些话语让我痛苦经年
它们和这个秋天的月光一样
已经落地生霜

“爱　那么的不堪一击”

我只是孤独的返乡人
提着当年花朵做的小小灯笼
和这人世间一切光阴
执迷不悟
一老终生

之四

1）
我肯定在什么地方遇见过你
似曾相识
只不过是你我都已经忘却
三月的雨夜　花开的声音被雨水淹没
我们都没有停留

稍纵即逝的花开
真实而又虚幻
就像当年我们年少的躯体
雷鸣　闪电　没有发芽
那些远走的雷鸣　闪电
又怎么一成不变地归来？

2）
穿过这场秋雨
就到达冬天的田野了
那场青春年少的雪天
雪花飘落的夜晚
围着红围巾的火狐的少女
和雪花一起飘落
坠入白天一样的深夜
和雪花　那个冬天融为一体
无处寻觅

之五

那个在田野里对着春天
奔跑的疯女人　蓬头垢面
那个在对着月亮哭喊的疯女人

她找到了属于她的爱情吗？

青花瓷一样破碎的疯女人
埋藏着怎样的爱情？

她还在吗？故乡寒冷的冬天，
她还赤着脚在雪地上盛开吗？

疯女人，疯女人
我从来没有像今天一样读懂你
穷尽我的一生也无法找到通向你的道路

之六

1）
我把故乡油菜花盛开的童年弄丢了
亲爱的，你捡到了吗？
请归还给我
让我们忘记流水
再相信一回春天
那些姹紫嫣红的谎言

2）
那个带走我少年春天的女孩
一定会在一树梨花上
借尸还魂
对着春天唱歌或者痛哭
我依然在那个春天沉睡不醒
洁白的一树梨花
洁白的一树春天

3）
永恒的桃红柳绿
永恒的春暖花开
永恒　春天潮湿的月亮
永恒的流水
可是　亲爱的
我们只不过是永恒的故乡

春天里短暂的一瞬
离开就会死亡

4）
桃红柳绿的春天
已经来临
通往春天的道路我已经修葺一新
来吧来吧爱人
我们去春天狂欢
沉睡不醒

之七

1）
钟敲三下　万物苏醒
春天已经悄然上路
在铺满阳光的故乡小路
亲爱的　我迷失了
闻不到你乳房的芳香

2）
春光和这忧伤　莫名地一起盛开
我已经习惯了沉默
一个人怀念那些无言的往事
那春天里奔跑的少男少女
仿佛他们披着春光
永远也长不大
时光停留
我泪流满面

之八

1）
浩浩荡荡的春光
浩浩汤汤的怀念
这个春天的雨夜
雨夜里的闪电和雷鸣
是否也会唤醒那个春天沉睡的少年
重新来过的故乡的天空　田野
是否还会再次接纳无限春光？

2）
我看到了春天的微笑
还是那么明亮　清澈
宛如我们年少时的眸子
亲爱的，对于春天
我从来都不是一个走马观花的人

之九

我们应该记住这些细枝末节
日子里的微不足道的美

一只飞舞的蝴蝶
一只忙碌的蚂蚁
或者母亲暮色里的白发

安静下来，去更远的地方
遗忘或者怀念　盛开或者凋零
我们都应该爱它们
为了美　它们一去不返

之十

1）
今夜武昌湖的月色
贴着湖面波光粼粼　此起彼伏
多像那年我把呼吸埋进你的呼吸
“亲爱的你看：尘世这么美好
辉煌得如一座宫殿
我却无法居住其间”
已经沉入湖底的满天星斗
一万年都不能醒来

甚至更为久远

怦然心动的是：一只孤独的白鹭
挣开月色飞去
优雅得似一支轻柔的小夜曲

2）
星星还在歌唱
多么熟悉的星空
暮色降临
我尚在归途
我要赶在今夜月亮升起之前到达

我要把深深的爱恋
归还给你　爱人
还有那年的一首诗作
诗作里的月色
月色里的春天

春天里的雨水
雨水里你潮湿的双眸

3)
又是暮色将晚
我来　我等
你眸子里升起的满天星光
怀念　感伤　追忆　还是幽怨
这些年就这么随着无语的流水
慢慢过去了
现在我只想一遍一遍听音乐
在这满天星光下学会再一次爱恋

3. 无题·乡愁表妹系列
（表妹乃少年时光之隐喻）

之一

表妹说故乡春天的夜晚
万物生
瘴气很重
月色撩人
女鬼都会迷路
你若回来　也一样迷途不返

之二

门前的桑葚已经熟了
布谷鸟割麦插禾地催着
让人心里发慌
江边的柳树林浓荫遮住了鸟鸣和涛声

岸芷汀兰

表妹说她的眼里布满黄梅时节的烟雨
手指间开满鲜花

美得让我不敢睁开双眼

之三

表妹说和我一样喜欢
听她唱《康定情歌》
那棵泡桐树
毁于今年春天的一场风暴
那淡蓝色的花朵和歌声里那朵溜溜的白云

春深似海　无处找寻

从此　我眼睛里盛开的春天
总有一朵溜溜的云
让我在人间忧伤而又幸福

之四

表妹说
忘记她童年麻花辫上
那只飞舞的蝴蝶
或者不经意间的一次小小微笑
就可以像武昌湖上的野鸭子
被湖水喂养得丰腴而优雅
然后在人世间自由飞翔
高高在上

之五

表妹问我若回来
是否还会在泡桐树下的月色里等她
或者愿意一个人
倾听那年春天的回音

初夏　枇杷　桑葚　麦子　上弦月

“你若不回，黄梅时节
成熟的都已成熟
腐烂的继续腐烂”

之六

这么多年
故乡的春天
那些阳光和雨水
一遍又一遍把自己擦洗得晶莹剔透

月上山冈

表妹说她还是默默无语
问我是否仍会
隔岸观火　袖手旁观
只剩下众神歌唱的月光

之七

表妹说她喜欢一个人爬上
落日辉煌的山冈

布满火烧云的天际
那就是传说中的绚烂　惶惑
失火的爱情天堂?!

表妹说她是一杯浓浓的红酒
被落日慢慢点燃

表妹问我是否和暮色降临的傍晚
一样独自倾杯　忘记归途?

之八

表妹说这个夏天
什么也没有留下
青梅竹马的蝉鸣
挂在树梢
无精打采
只是晴朗的夜晚
她又数了数那些星辰

若时光回到从前
我们是否可以像候鸟一样
追逐着盛大而肥美的季节

浪迹天涯
把爱洒满人间

之九

表妹说那年打马而去的春天
饮马过河的人
带走她烟花盛大的辉煌
却没有带走
灯火阑珊的落寞

多年以后又回到她面前
说依然爱着

犹如那烟花只是盛开
永远没有坠落

表妹说她已经学会告别和忘却了
比如那年吻过的春天
比如那晚牵手的烟火
然后素装轻衣　远走高飞

之十

表妹说七夕了
她听到牛郎织女
沾满星光和露水的梦呓

这么多年

问我是否抱得美人归
是否也会刹那间回到
那年七夕的星空下
停留片刻

哪怕再做一次露水夫妻

4. 梦境·怀念母亲系列

走着走着就散了，这句话我原以为只适合恋人的一场没有结局的恋情；现在我明白也适合人世间的生离死别。（改自网络诗句）

——题记

之一

暮色里
那些或飞翔
或敛翅休息的天使
母亲　她们肯定会带走您
所有的痛苦和忧伤
我看见您和天使
在暮色四合的天空
披着星光飞翔
把我遗忘在大地上
一个人孤独地仰望

之二

每年清明
母亲　您把父亲的墓地
打扫得干干净净

“这里才是我的家”　您说

我总是骂您

这次是真的

回家　回家

勤劳的母亲
肯定会种一坡阳光
一树鸟鸣

之三

母亲　记得小时候
我生病　您总是抚摸我的额头

“孩子，你的痛就是娘的痛”

这人间春深似海

而现在　母亲　疼痛把您放倒在病床上
我用我的手紧紧捂住您的手
“母亲　您的痛就是我的痛”

这人间爱亦无边

之四

我多么希望再次推着轮椅
母亲
在宿鸟拖动的暮色里
缓缓而归

但他们要烧掉

说这样　天堂里的您会收到

好吧　我相信他们

我就一直在暮色里静静地等待
天国派来的那个信使

之五

母亲
我曾经天真地以为
我对你的思念只有
村庄至安庆至上海
上海至安庆至村庄
每年每月每天　每时每刻
只有六百多公里内的加减乘除
求根　平方　幂

现在突然发现　我错了

在您去世的那天
我一个人对着故乡的暮色
我的思念忧伤疼痛
像家乡的一条河流
从空中倾斜倒悬
与落日的辉煌一起倾泻下来

之六

您说人走了就什么都没有了
入土为安让我不用想念

在您安葬的那个时辰
亲人们按照风俗都在哭
而我没有　我异常平静
只是不停地擦拭墓碑

一生都喜爱洁净的母亲
我生怕空气中的尘土落下来
挡住了您的心跳　也挡住我的心跳

我知道妈妈　我再也不能
在您的怀抱里放声痛哭了
我只是把痛哭放进家乡的暮色里
无人知晓

之七

从殡仪馆到祖坟山这段路程
我怀抱着您　母亲
像怀抱着熟睡的婴儿

我把音乐调到最适合的位置

我的脸不时地贴着骨灰盒
时而舒缓　时而流畅　而又
略带一些感伤的钢琴曲

那么适合熟睡　母亲

我没有按照风俗转过身去
我要亲手把您安放
还好这次乡亲们同意了

最后离开的那个时刻
“妈妈　我再也不能带您回家了
再也不能带您回家了”
我在心里轻轻地呼唤
又转过身跑过去
捧一把阳光洒在您的坟头

雨后的天空　蓝得那么深邃
多么静谧而又美好的秋天
我想哭却怎么也哭不出来

之八

今夜　星光　露水
动车的轰鸣
它们遮掩了我的思念与心跳

妈妈　我没有按照乡俗在老家待到头七
我必须在真实的生活里真实地活着
转身返程的那天
速度　加速度　动车
贴着黑黝黝的大地飞翔
我就像一张弓
弓弦越绷越紧越绷越细

妈妈　那细微拉伸发丝般的脆裂声
苍茫的星空下
只有您肯定会听到

（于 2017 年 11 月 1 日凌晨返沪的动车上匆就，一夫桥渡）

之九

母亲　每次回家都要把您睡的被子衣服
洗涤　晾晒　叠得整整齐齐

让它们和我们一样落满阳光的味道

这次回家　多年不变的习惯

空荡荡的房间
只剩下暖暖的灯光
和灯光照耀着的夜晚——

好吧　妈妈
我把门虚掩与往常一样
就当是您开始一场漫无边际的旅行
而我开始一场漫无边际的忧伤

5. 高度

一座建筑的高度与一首诗歌的高度。

——题记

地铁　电梯
我与我的一首诗歌
在巨大的惯性中慢下来
来到这座金融区的高度

钢铁　玻璃　结构力学
无限地接近天空

多么幸福?!
我上升　这首诗上升
与它一起接近这座建筑的幸福

我已经达到它的高度
隔着玻璃
白云　蓝天　阳光
没有飞鸟的天空

波诡云谲　水穷云起
却又无懈可击的天空!

但是我分明感到它的战栗
这巨大钢铁的野兽

寒冷与恐惧？
带有暖气的结构
我仍然感到现代美学的羸弱

我将要把这首诗
交给这座建筑的高度
让它在这里成长

这是多么的残忍？

就像把尚在襁褓中自己的婴儿
交给一个完全陌生的路人

不！

但是必须这样
只有这样这首诗歌才算完成
如同我一样在陌生的脸庞
找到我的爱情

时间的刀片最终逼迫我和这首诗歌
这座建筑的高度
回到最初的起点？

多么的伟大！
我独下层楼

柔剑（张小平）的诗

柔剑，张小平，字明夷，河南洛阳人，出生于美丽的龙门南麓、伊河之滨。英语语言文学博士，英国剑桥大学、美国特拉华大学和诺维奇大学访问学者。现为扬州大学外国语学院英语教授、硕士研究生导师、美国文学研究所所长、英美文学创新团队负责人、“新世纪人才工程”中青年学术带头人。主要从事英美文学、西方文化、中西比较文学等方面的教学和科研工作。目前主持国家社会科学基金项目“科麦克·麦卡锡小说研究”，并参与中国社会科学院、教育部人文社科基金以及省哲学社会科学规划等多项省（部）级项目；在《外国文学》《国外文学》《江淮论坛》《广东社会科学》《戏剧文学》等多家国内重要学术期刊上发表论文50余篇；出版专著2部、教材3部。曾以“北美一棵树”为笔名，在网络上发表诗作多首。

1. 一切无非形式

有人敲起了木鱼
青灯古佛后
若隐若现着红尘的迷离

有人披上了道袍
山庐经卷里
余音绕梁着俗世的凄迷

有人戴上了十字架
野百合与玫瑰的刺芒
还淌着耶稣献祭的泪滴

有人登上了讲坛
穿戴着喧哗和骚动
诉说谎言、道义与真理

慧眼说形式属于文本
疆域与空间
等级与阶层
内容与形式
从来都是上帝在人间
尘归尘土归土的演绎

据说道可道非常道

可以治疗失眠
名可名非常名
依然名利

一切无非形式

2. 无题

站在风口
等果子成熟

夜色里
走上回家的路

一曲莫扎特的交响乐
月光下携手

风
短暂吹过

沙沙作响的
是云对月的承诺

留半只月
给自己吧

我知道，山那边
如果有山

有人会在另一个
半月之夜

徘徊

3. 回家

最美的，莫过于一只鸟
一只白色的鹭鸟
一块岁月冲刷过的石头

干净透明的天空下
荒草，瘦河，还有落日

站在这冬日枯瘦的河边
家乡，就在眼前

洗衣的少妇
耕田的老牛
田埂上稀疏的茅草
山道上读书孩子的书包
神庙里菩萨的拈花一笑
小径尽头
袅袅升起的炊烟

回家

母亲的笑脸
若隐若现

4. 精灵

一朵朵蒲公英
美的精灵

在雪的遐想中
飞升

湖面上那一抹
绯红

5. 骑行

在雨中。他骑行。穿过雨水，
穿过浓雾，又穿过雨水
穿过雨水淹没的平原
穿过长着海兽脊背的高山
穿过心中薄薄的月亮
穿过长长的夕阳
穿过百日菊龙舌兰蓝色牵牛花的野藤
穿过伸展到远方如一条花格桌布似的
山峦的草原。他继续骑行

在雨中。乌云笼罩天空
雨拖着云黑色的卷须
黑色烧杯里的墨迹
敲击着无人的土地
一阵阵鼓鸣，忽远忽近
大耳兔在蓝色的雨中奔跑
蜷缩的山鹰半睁着眼睛
他看到龙舌兰的叶柄
伸展过房顶。他继续骑行

在雨中。穿过灰色的黎明，穿过
村庄的静谧。狗在狂吠
一只公鸡打着晨鸣
邻家的老妇穿过泥砌的猪舍的墙
走进晨雾
苍白的花朵

绿色的冬青

尘世的夜里
他独自骑行，在雨中

6. 灵的空间

隐约你就成了一朵牡丹
粉红色的花瓣柔指般
向上伸展

一滴水珠在伊的枕畔
一尾洛河里的小鱼
流连在梦的边缘

在灵的空间
一刹那
谁说没有相逢呢

7. 我的伊河

有人提到伊河
我转身而过
不是不识
不是不念
我只是不愿
因为　我怕极了那个字眼

我将伊河焚进青烟
让她成为潺潺流水
融进天国的思念
我将伊河埋进我的花盆
让兰草借她的躯壳
在我的花园蔓延
我将伊河注入我的茶碗
和着泪水一口吞咽
我将伊河融进我的血脉
成为我的学养
从伊河之畔到黄河之滨
从黄河之滨到珠江两岸
从珠江两岸到鹭江水边
从鹭江水边到扬子江畔
伊河流畅　书声琅琅
我将伊河变成我的朋友圈
那分布在祖国大江南北的伊河男人
操着熟悉的乡音
吸着呛鼻的香烟

满了一壶壶的老酒
成了秋日里最香醇的思念

伊河啊
不仅是个地方
有着五千年的文化渊源
伊河啊
不仅是条河川
黄洛河的滔滔水
流过华夏脊梁的中原
伊河啊
不只是儿时戏耍的游乐场
更是走向东南西北拼杀时的奶浆
给予我勇气
给了我力量

如今
我的伊河啊
你却成了我的愁肠
老酒一壶
金秋暖阳
却再也不见
轻舞霓裳

没有了你
我的亲娘
伊河
终究成了我
剪不断理还乱的
离殇

8. 环形酒吧

一杯酒，有人说是琼浆
印第安人却说那是火水

从谷穗到琼浆
从琼浆到火水

一次燃烧
一场轮回

恰似这家环形酒吧
从门到门

9. 他

他无处不在
万物是他的骨肉

街边的石头
开花的紫荆
河里的涟漪
门口的一枚落叶

他从不撒谎

10. 漂白的骨头

有人是草原上的雄鹰
高傲的头颅
哲人的深沉
挺立的一座座山峰

有人是沙漠上的驼队
西天的月亮
流泪的星辰
一行行滚烫的脚印

有人是诗歌的囚徒
高高的山冈
屹立的思想
一棵棵挺拔的大树

有人是一片干枯的落叶
飘零的流浪
孤独的怅惘
两行浑浊的老泪成了
清晨的曦光

有人是殿堂里的百灵鸟
鼓舌的聒噪者
招摇在树的摇摆中

婉转在风的流动里

众生喧闹
一切都是他漂白的骨头

11. 给小说家麦卡锡

麦卡锡，每次看到你
看到的是你双眸里的远山
蓝色的湖泊
燃烧的天堂和地狱
黎明刺破的长空里
巨大而喀迈拉似的战马
荒凉盆地里嗜血的骑手
他们飘荡如游魂
踽踽前行
世界俨然一个病人
一个狂徒
一个瘦骨嶙峋的老人

麦卡锡，每次看到你
看到的是你患了白内障似的
冷寂的蓝月
啜饮着红色的蓝色的
灰色的白色的准确地说五颜六色
的阴影与血浆的大地
习习阴风
吹过那湖那水那山那高不可及的
子午线
仿佛远古的传说
巨龙与武士的搏斗
红色的天空飞起
野鸭似的箭羽

麦卡锡，每次看到你
战马的嘶鸣子弹的呼啸
兵戈相击
地心里隆隆的轰鸣
火山口沸腾的岩浆
风吹打着地面上的干草
稀稀疏疏
暑天里的寒冰
白骨森森
一双枯瘦的眼睛睥睨着
走过的人
天边的云
静默的树
边陲渐行渐远

血色残阳
一弯惊恐的蓝月
默默对峙

12. 是时候了

想成为一粒麦穗
在金色无垠的田野里
沐浴夏日的阳光
把饱满的头颅低到
沟渠里去

想就是一株红枫
站在北美高高的山顶上
风吹过来，树叶与风
沙沙作响

想做一只黑色的大鸟
在夜晚来临的时候
一个个村庄
眨着不眠的眼睛
抵达你

想成为青铜器上的文字
在博物馆的橱窗里
一个个留恋者，尤其是你
懵懂的目光中
刻下一长串流血的记忆

想就是一把弯弯的长刀
把山脚下的狗尾巴草
与长着芒刺的苍耳子

一棵棵放倒

坐在车子里，328 国道
唯一放飞向往的地方
梦想与黑暗
生活与温暖
一双高跟鞋叮当作响
在人间的长廊里踩得悠扬

阳光正好，又一个
温暖的冬天
是时候了
一路向北

13. 油菜花开在春天里

看到黄色的油菜花了
看到远处那排不算葳蕤的白杨了
看到潺潺走过的小溪了
看到娘了

我们坐在田埂上
初春的寒风送来温暖的炊烟
泥土芬芳

回家吧
娘说，父亲已经回家了
那年，2006
从纽瓦克回乡
素心向娘
一台佳能相机
我们坐在家门口的门槛上

白杨在永恒的画卷里生长
小溪在葳蕤的白杨旁流淌
油菜花开在春天里
娘的笑脸
绽放在开满油菜花的田埂上

14. 鹭岛记忆

最安静的，莫过于
一朵云，云下
一棵老态龙钟的榕树
日渐疲倦

一苇黄昏色的茅草
草旁一汪靛蓝的湖水
守候

一抹羞红
夕阳里眨着眼睛
鹭鸟欲飞翔

秋日的云杉
点亮

从谷底走过
我需要爬上山

15. 浅眉低垂

秋色的围巾
在那一低眉的瞬间

沉淀

冬日里默默绽放的
温暖

如兰的女子
不需要修饰

只需书

那挂在柳叶眉上的
一朵云

流盼

16. 一只白鹭

一只白鹭
满世界飞着

飞过中原的辽阔
飞过江南的婉约

飞过红枫的绚烂
飞过云杉的执着

岁月给了她月朗风清
时光充盈着淡然清欢

鸟儿们都南去了

一只白鹭
只想找个角落，孤独地待着

17. 以一只蝶的时间

缭乱的诗行里
藏着一只蓝色的蝴蝶

在夜幕降临飞鸟投林的时候
在寂寞清冷的夜

在天际一抹胭脂的霞光里
在云杉飘零成羽的季节

在你我的喁喁私语中
翩翩

蝴蝶，蓝色的蝴蝶
在心的草原蛰伏
在魂的高山缠绵

翩翩
以一只蝶的时间

18. 今夜，小雪

一缕轻烟
萦绕在遥远的东南

轻柔的音乐
还在耳畔絮说经年的温暖

杜河东岸的山崖河畔
可曾嗅到秋菊的笑脸

我只望见伊河的水
东去，永不复返

姐姐
代我为娘披一件寒衣吧

草儿在运河之畔
只能将风儿吹向西面

今夜，小雪
娘，需要温暖

19. 校园写诗

天，女巫的脸一样
阴沉，草木森森
云杉高挑的样子，黄昏
的余晖中，瘦长嶙峋

鸟儿多已南飞
几只肥硕笨拙
的喜鹊，草地上
嬉笑怒骂

岛中心那座飞檐的亭子
亭亭，不再玉立
黄昏中，她的倒影
刺痛了一池潋滟的湖水

走在江南校园的一隅
写诗或者思考
艰涩的人生

没有你，飞鸟在林
亦是虚无

20. 与夜作别

一个人，走在荒漠
没有路，无边无际彻底的夜
落日是他们的。那余晖的灿烂
看也不看一眼，黑暗
已然无边

没有风。走调的歌声
沙哑　凄婉
那是男人的哼唱
遥远　缥缈　轻轻的
我看他的时候
霜降了
草地上的虫儿低鸣
没有磁性，更无婉转
脚步踉跄
我，因了这声音
步履轻快了起来
歌声时断时续
遥远而又陌生
一弯新月，星光中孱弱
千万不要停下来
一切都是未知的
或许是一个垂死的强盗
等我与他做最后的诀别
或许他被长日遗忘
落单　绝望　临了

释放
不能失去，哪怕最后
还是失望

近了，黑暗中看不见歌声
心里欣喜，怅惘
脚步放慢，夜
警惕起来

一二百米的地方
歌声停了。他与我相视
我蹲下来，等待，耳边有
一丝羸弱的风

死一样的安静

许久。孩子的呓语
伴着草丛里的虫鸣

起身
和他们打个招呼
……

21. 关于人性

荣格说，我们的时代是一个分裂和生病的时代
他老人家已经走了半个世纪了
可我们的时代依然生病依然分裂
慧眼是个修行者
他说人性是兽是魔是恶
我们经常交流
将灵魂放飞在遥远的星河

那是诗性的天堂
那是人性回归的故乡
家园里开放着繁星点点的野菊
蒲公英似的思想自由飘荡
闪着亮光的泪珠
因为灵性的光辉
有了人性
善的获得

我有很多朋友
他们善待父母，老吾老以及人之老
他们也执子之手，与之偕老
他们厚爱子女，幼吾幼以及人之幼
他们做着最普通的工作
快乐着最纯净的快乐
他们有灵
他们有魂
他们的生活因为时代的分裂和生病

有时无聊有时忧郁有时愤怒
有时也一地鸡毛
愤怒的时候
将三两烧酒和着老泪
交给长夜
他们也会骂娘
骂娘的时候还在用心地谈论拜伦济慈
有时就在长街上高歌《西风颂》

他们呼唤雪莱

冬天到了
西风从寒冷的西伯利亚
呼呼吹来
我的过敏性鼻炎因为那个三原色
春天
却硬生生地遥远

22. 对话

我有一些朋友，他们从来不写诗
却过着诗意的生活

他说，我活在自己的世界
写给自己看，挺好

他说，诗意要与灵魂缱绻
哲学与诗藕断丝连

他说，沸腾的都是溪流
壮阔的才是江河

他说，走过夜路的女人
内心丰满，从此天高云淡

他说，写诗是为了保持信念
毕竟生活才是主流

他说，北方原野上的苍凉和孤独
是你曾经的血脉奔流
诗凝结了你的情绪
如鲠在喉

他说，路边的蝴蝶早晨时清冷
与猫儿对视，有点温暖

他说，人最好懂得冬眠
不然永远只是一只虫子的茧

他说，树枝摇动
圆月不走

他说，造景很危险
得有灵性，但写实到了极致
便会有意境
虚的意境，恰恰触动了
你的心灵

我也有很多朋友，他们是诗人
却无病呻吟
没有痛的人生
哪来的诗境泠泠

23. 岁月燃过

一支烟
落寞　脆弱

一群人
热闹　寂寥

燃烧着的岁月
无邪　缥缈

轻缈的烟
炙热的唇
单薄的人
游走的魂

烟与雾中，分明有
你的狡劣，我的狂热

虚幻的岁月
如烟

燃过
无痕

24. 上海青的春天

一棵菜
一根草罢了

不同的是，草儿无人理睬
菜还有果腹的可能

就如有的女人

从草成为菜
从菜沦为草
草木一生

从未艳丽过
尽管也有开花的梦

25. 想你的模样

坐在江南草堂
想你的模样
是否还是百合花的芬芳
抑或汉唐激越的诗章

一杯茶
一缕香
一管丝竹
窗口的一抹阳光

天，不冷不凉
日子，不薄不伤
时光有些短
裁来为你缝衫做裳

从莎士比亚的爱情
到弥尔顿的天堂
从吐温的密西西比
到乔伊斯的都柏林

富兰克林盗火的风筝
霍桑人性暗河的幽梦
王尔德纽扣上的唯美
少年哈克大河之畔的浮沉

与你的爱啊

是两年内三次的相遇
你不嫌弃
我使不离

就如门前彼岸花的璀璨
如若见果
可以不见叶
我们这场苦楝（恋）啊

初夏时
那紫色的芬芳有些细碎
却在秋季
给了草堂满满楝果一筐

就再苦这一场吧
毕竟
门前一棵是楝树
还有一棵也是楝树

你我的相遇
不遇便不伤

26. 清明

母亲与你
在一支燃起的檀香里

母亲在思念的清香中
你却在思念的遗忘里

一个天人永隔
一个擦肩而过

伤了的心
一缕淡淡的轻烟

27. 子非花

想你的时候
就写一首诗

她就在那棵你楼下的树里
站得亭亭玉立

我踮起脚尖
闻一闻叶的味道

花儿　迟迟不来
叶子　常青四季

28. 来与不来

今夜，你会不会来
我把自己变成一粒尘埃
在你前行的车辙里
裹着寒风
迎着冷月
走在冬日无人的长街

今夜，你会不会来
我把自己站成一段枯木
横卧在你心灵的森林里
我们来修一座空宅
存万物光华
纳世间华彩

今夜，你会不会来
我把自己刻成一叶扁舟
携一苇荻花
顺江河而下
停留在你的码头
观天地变幻
了世间情爱

今夜，你会不会来
我都是那

一粒尘埃
一段　枯木
一叶扁舟

来与不来

29. 梦境

梦到死后的生活。朋友们还是
一群死党，他们有着生前的模样

粉脸白嫩，演着死之前喜欢的角色
他们在水中，纷纷抢占着有利的位置

死去，活来
爱着，依恋着，撕扯着

我看到了大学时代最好的朋友
她扑腾着双脚，偌大个华清池

成了她的江湖。还有什么比死
更惬意的呢！她说，相濡以沫

不如相忘于江湖

30. 你说

你说，你走了二十年
终于找见了她
不谈分离，不说再见
即使永别，也用曼妙的沙扬娜拉
你说此话的时候，我正抬头看天
天空碧蓝如洗
一朵流云，迤逦西去

走过天涯，到过海角
你说，金色沙滩上那一行行
赤足踏过的痕迹
分明是三生有约
不然，这石这月
这大东南的勒杜鹃
今秋怎会如此绚烂
你说此话的时候，我正站在海边
脚下的沙子，在海水的冲刷下
一去不返

海上升起了夜雾
风，裹着一粒沙
我赫然发现，你飞起的白发
一袭月华
紫竹林里观音匆匆做就的鱼篮

正抛往那片南中国海
大象无形，她喃喃细语
死者住，活者去
愿者，上

灵剑（薛武）的诗

灵剑，薛武，江苏沭阳人，学者、诗人，扬州大学外国语学院教师。自小有志于冲破种种藩篱和羁绊，传播真理和真相，活出一首长诗的模样。目前聚焦中国当代戏剧研究，挖掘并书写当下中国的诗意，并演绎于课堂和他能够抵达的任何地方。他的座右铭是：求道，悟道，传道。他认为，诗意，如同大道自身，无迹可寻，无言可说，自在诗中，成于读者顿悟。诗歌可以点亮读者的心空，焕发瞬间而又永恒的生命。诗意是点亮或者点化的关键。没有诗意，诗歌便会沦为平庸或者虚无。

1. 循环演出

擦肩而过的
似曾相识

多少次

兄弟？姐妹？爱人？
借个道

下一程
天国
还是人间

2. 我们是猫

锋利
抓向命运的牢笼

抓紧了
向上
爬
喵
你好吗

回不去了
岁月的子宫

选择离开
或者
听从命运的安排

死亡是
打开监狱的另一扇窗

划过螺旋的痕迹
喵
落叶回到了永恒的
故乡

3. 一

一朵花
吐露时间的尘烟

就像你
站立于
我的心前

张开翅膀
你在左边
我在右边

4. 一线生机

残阳如血
信手便
涂抹
半天红色
记忆

唯有小草们高举刀剑
吞咽贪婪的口水

一颗心沉入泥泞
的阶梯

崩溃的刹那间
才明了
这世界的纯净

5. 当头棒喝

给我当头一棒
喝

巴比塔
带我去天国

上帝赐给我们多种语言
就像大神共工

伊甸园中
想必老虎可以和羊羔聊天
兔子也可以和老狼坦诚相见
蚊子唱着优美的歌谣
像天使一样起舞翩翩
变形虫哼着小曲
思考着小鸟的爱情

巴比塔倒了
科学让我们离天国越来越远

我们听不见
存在的声音

6. 看海的鸥

海鸥看着大海
就像荣格看着弗洛伊德

看着鱼儿很像
千年的回忆碎片

梦里有桥梁
从灵魂到肉体

石头推着影子
浪向大海深处

张开凝缩或者移置的鳍
飞吧　历史

7. 诗人

有些诗人　是一杯有毒的愁肠
有些诗人　是青花瓷上的纹路　或者　一丝光亮
有些诗人　歌颂着符号或者口号　为名利大声歌唱
有些诗人　是野草小花或者泥土的代言人
有些诗人　就是要撕破存在的衣裳
看　这才是真相
有些诗人　只是默默呈现心中存在的真意
回家吧　这是人们失落已久的故乡

8. 我想和这个世界好好聊聊

小时候
想和棉铃虫、蚜虫、菜青虫
也想和各种杂草
好好聊聊

你们吃我的庄稼和蔬菜
或者争抢它们的肥料
我的周末和寒暑假
就这样被你们烦扰

后来
我想和病毒、细菌和微生物好好聊聊
我是你们的家园
为何一直伤害我的细胞
我一直想要干掉你们
你们没有越来越少

为何不能坐下来聊聊
不争不抢
不吵不闹
你好我好大家好

现在
我想跟这个世界
好好聊聊
……

9. 每一个

每一个谎言
都是真话

每一张面具
都是真相

每一个演员
都很真实

每一个酒鬼
都清醒着

每一个疯子
都很正常

每一个病人
都很健康

只要我们忘记
体系
和符号的方向

10. 乱码

午后刺目的阳光
炙烤
干裂的红砖墙

旋风带起
迷眼的尘埃

哪里　是家

无花果树的叶子很大
羞羞的亚当和夏娃

樱桃红了的时候
不在家

手擀面　青菜
香喷喷金黄的蛋花
深情的眼神
手　臂膀　蹒跚的身影
暖了多少冬夏

大镰刀扛着
棉袍大褂

火红色的狐狸
湿润的眼神

嘴里叼着血一样的玫瑰花
血　滴答　滴答

驾　驾　驾
四骑士骑着马

我还看着电视
或者路边
顶出地面的嫩芽

11. 如果世界是个牧场

如果世界是个牧场
那么
放牧的人是谁？

如果大家都是牧场里的动物
多争几口草有什么意义？

放牧者的阴谋？

书上说人当生养众多
这和我们对待家养的牲畜有什么两样？

还不如放下争执
仰望太空
思考一下
存在究竟怎么回事

谁在控制
世界的命运

我们
可有逾越牧场的可能

12. 诗

存在于规则之中
却能有逾越的冲动
像那
点睛的龙

13. 如果我能看到

如果我能看到
这个宇宙的全貌

或者
这个宇宙最细微的精妙

我有最大的眼睛
我有最小的眼睛
或者最远的视角

那么
你们所感知的
该有多么无聊

粒子的无限组合
或者音符的跳跃

结构　或者力
道可道　非常道

14. 语言之舞

从过去驶来的火车

那根无形的曲谱

摇晃颤抖笔直的奇特

选择

伴随着

漫天飞舞的音符

15. 有视角的叙事

吞噬　或者侵蚀
所有形式

在相逢的瞬间
磨合了彼此

弹向远方
或者穿透身体

只有最小的粒子
相安无事

层面多了
多了无穷无尽战意

所谓正邪
都是有视角的叙事

16. 流浪诗行

来去自由的风啊
哪个是哪个

这变幻的形式
大梦初醒

功成名就的时刻
陷得更深

只有那流浪者
最孤独

也最清醒

17. 色相

向太阳
或者空气
撒播双螺旋的种子

水滋润了鱼的欲望
形式有了延续的理由

每朵花都对着
苍天微笑

繁复的故事
太衍

18. 拷问

有时　我想把笑话扔掉
也许　谁便能捡到
悖论或者无聊

放到火上一烤
便是另一种符号

真相
如此扭曲　苗条

撕裂的缝隙
挤过来的真少

拷问
或者鞭笞

或者敲开惯常的嘴巴
知了

19. 世界　别吵

在路边威风的
像一只老虎的病猫

沿着细小灰尘带起的
卷着生命的潦草

地面冰冷的光滑
全然不是想要的

爪子伸向隐秘的空间
真相让人羞涩地缩成一团

肌肉顺着面颊蠕动
眼角似乎便有了点微笑

等待
还是睡着了好
世界　别吵

20. 存在与戏

谁蘸了浓厚的粒子
书写存在的轨迹

那空空的色
充盈了整个 universe

At the level of human body
Happiness
Sadness
Loneliness
Or damned sex
Power Money Fame
So nasty

可以写诗

谁在书写
导演
编剧
制作

永恒的大戏
谁在看戏

21. 没有　只是

没有卑鄙
只是缺少规矩

没有犯罪
只是缺少尊重

没有黑暗
只是缺少光明

没有邪恶
只是缺少爱心

没有寒冷
只是缺少热能

没有死亡
只是缺少灵性

没有负面
只是缺少格局

形式绽放宇宙的花朵
我们都是变幻的瞬息

22. 挡路

一阵风吹过的时候
我用腿挡着它的出路

什么撞了我一下
我知道它很痛苦

云在角落里发呆
比阿基

深夜送来谁的喘息
这生死的恐怖

我不愿伤害任何一个生命
一片叶子
一朵云
一只小鸟
一滴雨

(“比阿基”为诗人家猫的名字)

23. 七剑诗行

柔剑拂过混沌的羽毛
一朵花　一只猫　或者河边的美好
呵气
便有了诗歌的骄傲

问剑捡起了半个月亮
点燃泥土、小草和山羊
给底层生命披上美的诗行

花剑轻盈地
抵达真实的痛感
在巴黎
书写共和国的庄严和暗殇

霜剑闪烁洁白的光泽
仿若燃烧的冰块
内圣外王

断剑磨砺诗意的锐气
哪怕爱
也是绕指柔的百炼钢

论剑穿越了古今中外
闪电了每一个腐朽的意象

灵剑浸没于浪漫的冥想

每一个诗意的构建
都是形式的力量

斩灭所有败坏的字样
还给节奏、韵律和内在的力量
势
指向真实
和真实背后的模样

24. 有关真实　我相信

有关真实
我相信指尖的感觉
我相信嘴唇的温度
我相信阳光的颜色
我相信眼神的纯洁

有关真实
我相信书本的厚度
我相信大树的高度
我相信大海的深度
我相信前行的速度

有关真实
我相信你在我旁边
我相信家在城市里面
我相信心在身体里边
我相信爱在情绪之间

有关真实
我相信风拂过我的脸
我相信雨水淋湿我的双眼
我相信闪电的狂暴
我相信大地的轰鸣

有关真实
我相信鲁迅的拷问

我相信尼采的原力
我相信德里达的痕迹和罅隙
我相信巴特的断片和警句
我相信德勒兹的分裂和无器官身体

有关真实
我相信粒子的疾驰
我相信形式的大力

有关真实
我相信道
我相信天地

25. 爱情

有关爱情
我想到仪式

仪式不是目的
仪式是一种姿态

一盒巧克力
九百九十九朵玫瑰
或者豪华别墅
形式感极强的豪车
钱做的

性感的身体涌动的欲望

耶稣说
属恺撒的
给恺撒吧

有关爱情
就像写诗

仪式是一种势
指向
爱情
心灵的
共鸣

26. 无题

人，都是孤独的
岛屿在海中
海水淹没了情绪
咸咸的

断裂的信任
如同浮华的喧嚣

那些诱人的符号
有多么重要

一颗心在尘烟中
一个人在真实中

发生了
什么

27. 舞

你的翩翩起舞
如同上古时代的大巫

以肉体献祭
换来消亡的衰败和疾苦

我看着
什么也不清楚

也不孤独

28. 温暖

蓝色的调色板
涂抹一点火
能否点燃冬的影子

每一片叶子
在北方的冷风中
瑟瑟发抖

文明还站在那里
高高低低

29. 词的死尸

语言中
流淌数不清的
华丽的
死尸
为了利益
死尸有了不同名字
我想焚烧你们
还存在一个真谛

30. 雨天的瞳

踏着湿漉漉的大地
仿若养了两只淘气的猫咪

黏糊糊的
从头顶到脚底

抖落不了江南烟雨
就像耳边柔柔的故事

深邃的蓝色心空
它就这样单纯地看着我
和你

31. 思乡

推开夕阳的窗户
看到十字
和尖顶的教堂

低矮的平房
空荡荡

时间拖走寂寞的它们
如同一张张吱吱嘎嘎的床

太阳回家了
没有一丝灯光

天使耷拉着脑袋
思乡

霜剑（朱坤领）的诗

霜剑，朱坤领，山东单县人。比较文学与世界文学博士，现于中山大学外国语学院从事英语语言文学和比较文学的教学和研究，专业领域是诗学研究和性别研究。喜欢在业余时间写诗和散文。最初主要受浪漫主义诗歌和中国古典诗歌的影响，追求唯美的诗意，手法为直抒胸臆，习惯写篇幅较长的诗。后来向现代主义靠拢，认为现代诗用意象产生意义，营造隽永的诗意。诗人抒写内心的真，人性的善，世界的美。为达到此目的，诗人可以抒情，可以批判，也可以内省。在抒发个人情感的同时，诗人更应该把心灵与世界万物紧密联系，立意辽阔高远，诗风凝练含蓄，把回甘和解读留给读者。

汉俳系列

1. 春

残雪迎惊蛰，
春分清明新柳扬，
风和谷雨忙。

注：本诗里，四个节气都是双关语。惊蛰＝惊醒的蛰（昆虫）；春分＝分春；清明＝清新明亮；谷雨＝种谷之雨。

2. 夏日

绿原白日笼，
青蛙河水戏村童，
枝头蝉正鸣。

3. 秋日

荷残菊花开，
北风冷雨添衣裳，
闲坐数雁行。

4. 秋色

麦苗初霜冷，
苹果羞赧柿子黄，
红叶暖山冈。

5. 初雪

尘扬朔风起，
草黄叶枯百花残，
彤云飘雪霰。

6. 暮雪

北风抚古筝，
万户掌灯密云彤，
雪舞满天星。

7. 雪花

空灵瑶池边，
冰作衣裳玉为骨，
精灵降人间。

8. 残荷

花陨莲子落，
蛙跳荷叶溅秋霜，
绿消凉意长。

9. 小村冬日

鸡鸣唤红日，
烟笼疏枝起晨炊，
庭外黄犬吠。

现代诗系列

10. 石磨

以口粮为轴心
人们的脚步
不停地画着
一个又一个
同样的圆

蒙眼布改成了
盛粮的口袋
早已麻木
转圈的眩晕
是终点，也是起点

11. 浴室·赤裸的灵魂

我拿剪刀，
剖开身体的每一部分，
送到镜子眼前，
做一次透视体检。

大脑，
积淀太多灰色的欲望，
肿胀是梗死的前兆。

心脏，
受到严重的污染，
一半活命的鲜血，
一半夺命的污水尘霾。

阳具，
演化为海绵一条，
变成岁月显著的地标。

骨头，
哗哗流失的髓和钙，
拉响了警报。
直起腰已成疑问，
显示出清晰的病灶。

脚板，
被挤压成了扁平足，

无法赶上人潮。
生命要维持活力，
走路还得依靠。

我透过浴室真实的镜子，
体检虚假的肉身。

12. 夏颂

石榴树
涅槃的凤凰
飘落一地燃烧的羽毛

一片羽毛
点燃了你的微笑

13. 菊瓣黄

插进花瓶，披上斗篷
秋叶红，菊瓣黄
兰花幽幽暗香

拂尘把天空
扫得高远
结庐在人境
车马纷纷避让

逐节令而居的大雁
频频回眸
唱起离歌
扇动南迁的翅膀

14. 四季 · 瞬间 （组诗）

春 · 瞬间

春天，
不需要众花争艳。
我只需要
你在雨后的梨园徜徉，
踩着一地的落花，
脚下溢出芬芳。
你需穿绣花鞋，
——是的，绣花鞋——
踏出春舞作伴。

你在笑，
微风吹拂枝条，
花瓣飘在你的发和肩。

这是最美的春景，
从初春到阳春，我一直看。

夏 · 瞬间

清晨的荷塘，
你坐在塘沿，
身穿白裙，带青花瓷图案。
你探头端详，
水面上飘来

散发着清香的
一个莲瓣。

我要莲动，不要渔舟。
你加一捧池水，
在船形的莲瓣，
放进两只小小鱼，
池塘里就有了鱼舟。
我夜晚梦见，
不止荷塘月色，
还有鱼舟唱晚，
诗意了整个夏天。

秋·瞬间

你，
徜徉在银杏林中。
不仅有遍地金黄的灿烂，
也需要你的运动鞋踩上，
把一抹活力增添。
渺渺为你加油的，
是秋风中排成人字形的
大雁。

此景，让我
从此生发对秋的思念。

冬·瞬间

雪后初霁，
你身穿白色羽绒服，

头戴连衣绒帽，
一只呆呆胖胖的白熊。
软软的绒毛环绕，
阳光晶莹剔透着你
白里透红的笑脸。

你手拈两朵梅花，
为雪人点睛。
一只麻雀
萌萌地，
先看你一眼，
再看雪人一眼。

15. 时间

时间
是一片卷曲的茶叶
我用它泡一壶茶
茗一口，好淡

茶饮尽
那片茶叶
平躺在壶底
已然长眠

我突然感到
齿缝里回荡着余香
味蕾上蔓延出甘甜

16. 一片茶叶

多年前，去邻居家串门，婶婶让她女儿为我泡茶。五六岁的小姑娘懵懵懂懂，左挑右拣，只放了一片她感觉最好的茶叶。妈妈责备她不会泡茶。

——题记

只有一片茶叶
最吝啬，最奇怪的茶

那片最饱满的茶叶
翻滚成
小姑娘羞红、歉意的
微笑

她端来了
待人的纯真

我喝下了
最醇厚，最真实的茶

17. 绿茶

二月江南的青山，
配以细雨、流岚、霓虹，
嫦娥用玉杵捣匀了，
煮庐山的瀑布冲茶。

倒一杯，
宛如刚刚冬醒的山间小溪，
清新娇嫩，
逗起
黄莺出谷，乳燕归巢。

看一眼，
口甘，脑醒，心醉。

18. 红茶

嫦娥把阳春的玫瑰花，
放进石臼捣碎了，
用瑶池水煮茶。

倒进白玉杯，
看一眼，像晚霞簇拥夕阳；
茗一口，是旭日挽着朝霞。

喝乏的茶叶倒入长江，
一江春茗，
醉倒了两岸多少人家。

19. 桥

自从河水，把你的
第一个影子带到大海，
已经神交了五千年。

宇宙的一次眨眼，
多少王朝的更替，
无数生命的循环。

从你到大海，五千年，
只在一念；
从此岸到彼岸，五十步，
步履维艰。

20. 石拱桥

水上拱，
水下虹。
拱和虹之间，
收揽万物的眼睛。

暴雨狂风，
将眼睛变成
农夫荷锄的背，
农妇哺乳的胸。

眼睛、背和胸，
融进了河水，
从古流到今，
从西流到东。

21. 无声地，你走来
——致祖母

从战争的烽火中，
无声地，你走来。
当枪炮点燃了炊烟，
当生命廉价于子弹，
当全部的童年记忆是逃难；
当救亡图存高于一切，
当战壕和田野沸腾着鲜血，
当胜利的锣鼓用刀背敲响，
无声地，你走来。

从苦难的影子里，
无声地，你走来。
当粥里没有一粒米，
当半个馒头换一条命，
当一年的辛劳不够交租，
当饿狗扒食浅坑里的瘦尸，
当野菜树皮草根成为奢望，
无声地，你走来。

从时光的烟尘中，
无声地，你走来。
当耕作等于贫贱，
当贫贱等于飘零；
当女人等于宿命，
当宿命等于小脚，

当小脚等于幸福，
当幸福等于家人的存亡，
无声地，你走来。

从尘世的光芒里，
无声地，你走了。
当儿孙满堂，
当女人不再裹脚，
当记忆不再是战火，
当生活不再是逃难，
当贫困不再是命运，
当生命几近一个世纪，
无声地，
你走了……

22. 祖孙
——致祖母

奶奶，星星为什么眨眼？
他们看人间太出神，
休息一下眼睛。

奶奶，星星会睡觉吗？
他们入睡时，
你在梦醒。

奶奶，星星为什么晚上才起床？
他们想装点
你的梦境。

奶奶，星星有家吗？
他们的家园，
就是深蓝的天空。

奶奶，天河是什么？
那是一条幸福的河，
小星星在快乐地游泳。

奶奶，人会变成星星吗？
只要你做好人，
将来就会变成一颗星星。

奶奶，星星为什么闪亮？

发出光芒的，
是他们的魂灵。

奶奶，我们一家会在天堂相会吗？
很久很久以后，我们
将是一个幸福的星星家庭。

奶奶，天堂会死人吗？
变成了星星，
我们将获得永生。

23. 枣

——致祖母

春雨
把小米洒向枝头
变成花朵

夏阳
和雷暴，把果实
熏染成青涩

秋风
为每一颗果实
画上太阳的形象

悠悠

24. 与父亲喝酒 · 腊月酒与三月雪

你端起酒杯：
“喝酒要喝腊月酒，
下雪要下三月雪。”

三月，半酣的雪花
走错了季节，
饱含馥郁的酒香，
催开梨花遍野。

春耕的人群，
成群结队的蜜蜂，
冬醒后快乐地舞蹈。

“在酿最醇的酒，
这酒太烈，只有
消过火流过汗才可以喝。”

醇酒酿成在腊月。
你把一坛酒洒向半空，
醉倒了满天的星星。

父子俩齐举杯，
说着醉话，笑声
引来无数贪杯的雪花。

你拍拍我的肩膀：
“三月雪的酒香
来自腊月。”

25. 过度包装

三个多月大的侄儿
腮帮涂得鲜红
加上几根猫须
像极了微信里的猫脸表情

哈哈大笑之后
我猛然意识到
自己笑得是多么空虚

成人的世界正如过度包装的月饼
好不容易撕下了一层层油纸
总是过于甜腻
或者开始发霉

小侄子小侄女
有人逗就笑
没人抱就哭
饿了困了不舒服了
成长的历程
就是脸上的表情

26. 老屋门

锈迹斑驳的锁
钥匙成为记忆

风和阳光
锁在了屋外

27. 游湖心岛 · 绕口的诗行

广阔的天空拥抱着狭窄的湖面
狭窄的湖面倒映着广阔的天空

湖水的澄清融入了天空的碧蓝
天空的碧蓝装点着湖水的澄清

画舫在平静的湖面划出深深的犁沟
深深的犁沟彻底打破了湖面的平静

历史的过程成就了古老的乌梅树林
古老的乌梅树林见证着历史的过程

郁郁葱葱的竹林带上了冬日的沧桑
冬日的沧桑渲染了竹林的郁郁葱葱

山上的绿树俯视着清澈的湖水
清澈的湖水有山上绿树的倒影

独钓的渔翁收获了一条条鱼儿
一条条鱼儿陪伴着独钓的渔翁

乡村的风情吸引着忙碌的城里人
忙碌的城里人迷恋着乡村的风情

人与自然和谐相处即为天人合一
天人合一浓缩在这一方湖泊之中

不知是这里的风景进入了游人的心
抑或是游人的心进入了这里的风景

28. 朝霞
——致余光中

你走了，
随着时光走了。
从此拥抱黄河与长江，
在母亲的胸脯长眠。

一条船割断了你的纽带，
一无所有的你，
只剩下心灵的爱人，
那朵日月潭中摇曳的红莲。

乡愁塞满了辽远的海峡，
一张望眼欲穿的船票，
和一抔几十年前的黄土，
把你送回化不开的故园。

五千年精雕细琢的白玉苦瓜，
马刀砍过，铁蹄踏过，
没有留下一丝伤痕，
只刻下了你的心痕。

心痕点燃了
天边的白云。
纵然前方漫漫长夜，
你也要留下朝霞的绚烂。

从今以后，你的诗意
将和旭日一同起床，
高吟低唱，
每天温暖世间。

29. 我拒绝空间
——和诗人薛武的《我拒绝时间》

我拒绝
空间

从北京到广州
步行两个月
从南极到北极
航行二十天

到月球串门
宇宙飞船需要三天
五千年的文明刚刚上桥
已经过去了五千年

我的一个梦
从宇宙的一端到另一端
造物主一次不经意的喷嚏
数百光年

我拒绝
空间

30. 七剑饮酒诗

兄弟七剑，
饮酒于天山之巅。
天池水化为美酒，
喝酒是主课，顺带舞剑。

论剑

岛主论剑，醉眼不离酒坛。
当年一瓶啤酒，
从北京一路抵达澳门，
在浙江转了个弯。
澳门偏安于一隅，
你的诗酒却并未偏安。
酒喝半酣，写成了
大趣若智的《乘兴集》。
醉梦里把威尼斯和埃菲尔铁塔，
搬到了你家门前。
也没忘记唠叨两句，
凭栏每羡双飞燕，临牖常窥一线天。
若不是那一年酒后捞月，
太白肯定跟你一个被窝入眠。

你的酒杯里有
阿罕布拉宫的风云和忧伤，
大海的莫测、深刻与豪放。
一棵不起眼的上海青，

也能纵容你矫情于
微醉的烟雨江南。
然后便狂啸澳门诗歌节，
一直喝到
分不清是雪花还是星星。

花剑

你眼花，诗花，酒也花，
唯独心岿然不动，
时时磨砺着你的剑锋。

你那颗被语文老师打过的脑袋，
反倒让二婶美丽的曲线
激发了巴河之子的乡情。
未名湖和博雅塔
把你醉得格外有雅兴，
从蔡元培的北大精神，
一直喝到季羡林和许渊冲。

你乘着酒兴，
将巴黎有血性智慧情义的
男人歌颂了一个遍。
醉眼瞅得巴黎女人
只剩下胖、瘦、优雅和妖艳。
但唯独圣女贞德和居里夫人，
你奉上鲜花和歪七扭八的鞠躬。

长江水是母亲的乳汁，
发酵成你的烈酒。
一朵朵浪花在你的心灵安家，

你珍藏爱情、热血和滚烫的心，
继续谱写茅台味的诗篇。

断剑

断剑其实只断了缨穗，
寒气逼人的剑光，
浸润着你喜欢的诗酒。

喝多了，你就在
十里春风，倾城月光里，
倾诉唯美的爱情，
相遇少年游。
一杯淡茶，配二两黄酒，
绵长的滋味，醉入你的心底；
微酣的雪花，落满你的诗行。

你与母亲的眼泪，
酿成高烈度的皖酒，
但你从不叫苦。
喝晕的眼泪绷成了弓弦，
像故乡的小河一样奔流。

想起世事的无奈和荒诞，
你用凛冽的剑锋猛砍春天。
背上家乡、亲人和自己的魂魄，
继续你的中年游。

问剑

你把酒杯高举过头顶，

问剑、问天、问地、问人间。

你从一瓶陈年老窖，
喝出了河流的黑、冷和惨淡。
你喝尽了夏天的最后一滴血酒，
赊洞庭月色，
买酒白云边。

你半醉着晃过深圳路菜市场，
501 步还能踏准鼓点。
让你着迷的，
是乡村密码、土海椒的辛辣，
鹧鸪声中的三个错别字。
上火就喝黄姜酒，
诗句像芨芨草跟随你身边。

酒的河流是你的一生，
喝醉了弹奏《广陵散》，
朗诵春风夏雨秋叶冬雪，
哭泣一下不认识的爱情。
留白之处，
躺满了诗句的半酣。

你要绕过《荒城》，
找到你的村庄和魂灵，
在天黑之前。

柔剑

你的一片冰心，
浸在一坛陈年老酒里。

从谷穗、琼浆到火水，
轮回十灵的空间，
让你喝干了几个酒坛。

街角的蔷薇和蓝色的蝴蝶，
陪你入醉。
一朵朵夕阳下的蒲公英，
酒未入口，便满脸绯红。

五老峰下的酒湖，
挽留了白云和老树。
一只鹭鸟和半个月亮，
陪你共酣。

伊河五千年陈酿的杜康酒，
流进你的血脉，
成全了你对家国的思念。

你微醺的头，
仿佛低垂的麦穗。
老酒变成眼泪，
浇灌着白杨和秋菊，
在母亲的坟前。

你和易安居士泛舟，
把酒话诗词，生当作人杰。
回舟过晚，归路已迷，
那只半醉的白鹭，
陪你狂舞柔剑。

灵剑

千里之外，我便闻到
你满纸思辨酒香的诗篇。
刚写完《秋日夕语》，
那被你熏得半醉的女子，
便带走了白云和温暖。
你想和世界好好聊聊，
谁不知道你把鱼、猫、老鼠，
都看作了幼稚的孩子，
喝！

你不喝是不喝，一喝就是一坛。
哲学、美学、抒情、人性，
每个字都被你灌醉，
排成了《有关诗歌》的荒原。
你的酒量反射着夕光，
把寺庙和道观变成霓裳，
在多情的瘦西湖摇曳变幻。

那一次你拽住青牛，
把老子一顿狂灌。
幸亏庄子和达摩不善饮酒，
否则他们的道只能随你醉倒，
顺着大运河高纯度的酒水流传。

霜剑

你酒量虽小，但有齐鲁的酒风。
村后的小河酒香浓烈，
你一边畅游，一边喝个半酣。

醉醺醺的芦花雪花齐飞，
分不清哪是秋哪是冬。
冰面上狂醉打转的陀螺，
眨眼间又转回了夏天。
旧宅里那棵老树上，
挂满了酒坛泡过的红枣。
偷瓜偷杏，醉酒后的丑事，
亏你好意思拿出来晒个半干。

你艳福不浅，
桃花秋叶被灌得满脸羞红。
你把小湖变成了酒池，
荷花颤巍巍地站立，
荷叶颠三倒四地迎风。
酒气把朝阳熏得
半掩着面。
南飞的大雁，
陪你喝了一个通宵，
至今还没酒醒。
酒坛的魅力到底有多大，
让你做梦都醉舞霜剑？

附录：新性灵主义“新”在何处

龚　刚

新性灵主义诗观及批评观孕育于我的研究课题“徐志摩文艺思想研究”和七剑在文学微信群“澳门晒诗码头”的创作实践，是自然生长的，而非标新立异的凭空虚构。拙文《中国现代诗学中的性灵派》（《现代中文学刊》2017 年第 1 期）、《新性灵主义诗观》（本书前言），已初步搭建起新性灵主义的理论框架。

明清性灵派崇尚“独抒性灵，不拘格套”的创作自由，究其实质，是以《礼记·乐记》所谓感于物而形于声的“心物感应说”为思想根源，以人的自然本性、生命意识为核心，以佛教“心性”学说为推动，强调文艺创作的个性特征、抒情特征，追求神韵灵趣的自然流露。

性灵派有多个译法，其中以音译加意译的 Hsingling School 最能彰显中国理论话语。因此，新性灵主义可相应地译为 Neo－Hsinglingism。

新性灵主义之“新”体现在：

第一，不认为性灵纯为自然本性（natural disposition）。《荀子·性恶》称：“凡性者，天之就也，不可学，不可事。”其实，先天之性也应于后天涵育之，否则就是一种混沌状态。钱锺书主张“化书卷见闻作吾性灵”。的确，书卷见闻与抽象思辨皆可化为性灵，也就是说，性灵中可包含哲性，有后天修炼、参悟的成分。质言之，性灵者，厚学深悟而天机自达之谓也。

第二，肯定虚实相生、以简驭繁是诗性智慧，肯定诗人要有柏拉图所说的灵魂的视力。

第三，主张冷抒情，而不是纵情使气。对浮华的世俗情感表示怀疑，是冷抒情的哲学本质。情感外露，热情外溢，不知节制和反思，则是热抒情。七剑之一的张小平认为，“如果只是灵感与性情，就成了浪漫主义诗歌了。加上顿悟（epiphany），就有性灵说的‘闪电’了”。是的，我在《新性灵主义诗观》一文中所谓“闪电没有抓住你的手，就不要写诗”，正是七剑和新性灵主义创作观的核心精神。无理而自有理，悟在无形中。

新性灵主义作为一种创作倾向，崇尚顿悟和哲性；作为批评倾向，崇尚融会贯通基础上的妙悟。长久的体验，瞬间的触动，冷静而内含哲性的抒情，大抵就是我所谓新性灵主义诗风。而李贽、金圣叹的性灵化批评，加上会通古今中西文白雅俗的知识视野和美学参悟，即是我所谓新性灵主义批评。不提刘勰、福柯，而刘勰、福柯自在其中。

后 记

兄弟七剑（其中柔剑是女剑客），携手下“天山”！

在“七剑下天山”微信群，七剑因缘而聚，诗心相通。我们进行诗艺对话，交流对诗歌、诗学和世界的理解和看法；也相互和诗，进行诗歌实验和游戏，营造其乐融融的诗人之家。

2017 年 11 月，灵剑提议合出《七剑诗选》，弟兄们一拍即合，达成一致意见。2018 年 1 月 15 日前，大家精选诗稿，发到霜剑处统稿和校对，由断剑负责审稿和遴选。一切进展都很顺利。经过编辑几个月的辛苦工作，包含两百多首不同风格诗作的《七剑诗选》，终于顺利付印。

七剑各有诗观，却又如同复调，共同演奏诗艺交响曲。

论剑提出“新性灵主义”，其诗学主张是：①闪电没有抓住你的手，就不要写诗；②写诗需要审美启蒙，突破线性思维；③自由诗是以气御剑，不以声韵胜，而以气韵胜，虽短短数行，亦需奇气关注。

问剑认为，诗是泥土沉淀在血管后，由诗人随手写出的文字。主张日常词汇在陌生的语境生成诗意，诗歌贴近生活，尤其推崇微叙事在诗歌创作中的应用，反对空洞、自言自语和不食人间烟火的抒情。

花剑主张，诗人不要企图在诗歌里图解所谓哲理，更不要用诗歌来解答所谓生命的主题，诗歌只是勇敢而又孤独地寻找自我的精神家园和对普通事物真正意义的敏感。在诗歌日渐式微的今天，诗歌追求的应该是精神的构建，即诗歌灵魂的纯洁与诗歌精神的硬度。诗人更应该善于在解剖世界的同时解剖自己，在关注内心自省的同时也关注周遭的世界，从而达到灵魂的自由与个性的解放。

断剑用当下的语言语境去建构物我两忘的古典（其实就是过去通往未来的）诗学。在诗歌语言亲近化里尽可能陌生化。现代诗通过意象、张力、隐喻、反讽、叙述等，来显现真善美。抒情和思辨与思想高度统一。

柔剑重佛性，认为菩萨本无相，诗人要成就笔下万千人物或者天地万物，就要呈现众相。众相的背后，则是诗者的无相。无相不是没有相，恰是相的变换。诗人即天人，天人骑天马，天马一定得学会行地。

灵剑认为至高的人性在于诗性，主张活成一首诗的模样。诗意，如同大道自身，无迹可寻，无言可说，自在诗中，成于读者顿悟。可以点亮读者的心空，诗歌焕发瞬间而又永恒的生命。诗意是点亮或者点化的可能。没有诗意，诗歌便会沦为平庸或者虚无。

霜剑主张，诗人应抒写内心的真，人性的善，世界的美；在抒发个人情感的同时，更应该把心灵与世界万物融为一体；现代诗用凝练的诗语和突出的意象传递意义，营造隽永的诗意；立意高远，诗风含蓄，把回甘和解读留给读者。

兄弟七剑性情各异，但热爱诗歌之心相同，学养和诗歌理念也有许多相通之处。论剑、柔剑和灵剑都重视佛道修行和思辨；问剑和花剑都长于叙事，善于写长诗，常写乡土和民间题材；断剑和霜剑都追求简洁的句式和唯美的意境。

“独抒性灵，不拘格套”（明代袁宏道语）；“诗者，心之声也，情性所流露者也”（清代袁枚语）。不拘一格地抒写真性情，用心灵去观察和感悟世间万物，杜绝矫揉造作和无病呻吟，是兄弟七剑的创作之道。在表达个人情感时，追求更为高远的立意，有意识地变小我为大我，赋创作以社会性的意义，或者把深刻的思辨和修行融入诗中。

同时，七剑又有各异的性情和诗歌风格，互相取长补短，这突出地体现在对同一题材和事物的描写上。例如同是写家乡的诗，却能够使读者感受不同的诗意。

论剑的诗，语言凝练，跳跃性强，气韵生动，立意深远，对世界的理解空灵而飘逸，蕴含着丰富而厚重的哲思。他笔下的故乡便

是如此："桃花开了/远游的浪子走过四季/从千万里之外/蓦然站在湖边/断桥隐隐颤动。"（《浪子归》）

问剑的诗，贴近生活和百姓，乡村密码的陌生化意象和杜甫式的人文关怀，与娴熟的微叙事无缝对接。他的故乡情是沉郁的："我的故乡百里洲是万里长江第一洲/盛产大豆，小麦，棉花和乡愁。"（《关于故乡》，未选入本书）

花剑的诗，叙事和抒情有机融合，赋个人情感以社会性的意义，语言轻松诙谐，诗意深厚，雅俗共赏。他对故乡感情深厚："我不能谈巴河/一谈巴河，我就泪流满面。"（《谈起巴河，我泪流满面》）

断剑的诗，笔触细腻，语言简洁，略带古风；诗风多变，诗意唯美而悠长，往往隐含思辨、冷抒情与淡淡的忧伤。他心中的故乡便是忧伤的："我把故乡油菜花盛开的童年弄丢了。"（《无题系列》之六）

柔剑的诗，语言婉转，富有音乐美；思路细腻，却经常天马行空，想象力丰富，佛道之理充沛，情感缠绵，诗意灵动。在她心中，故乡即是亲人："没有了你/我的亲娘/伊河/终究成了我/剪不断理还乱的/离殇。"（《我的伊河》）

灵剑的诗，语言游走在可说和不可说之间；思辨强烈，字里行间道韵浓厚，触动读者去感悟诗意。他对故乡的回忆是思辨的："小时候/想和棉铃虫、蚜虫、菜青虫/也想和各种杂草/好好聊聊。"（《我想和这个世界好好聊聊》）

霜剑的诗，把童心、真性情和对大自然的热爱，融入简洁的诗语，个人情感升华到世界的层面，诗意唯美。他的故乡和亲人构成了童心化的一体："奶奶，星星为什么晚上才起床？/他们想装点/你的梦境。"（《祖孙——致祖母》）

写雪，也同样能够体现七剑不同的性情和诗风。论剑的雪空灵："却听到了/雪花跌落湖水的声音。"（《老照片（外二首）》之《闻江南降雪感赋》）问剑的雪意象感强烈："词语和雪花自由飘落。"（《与那些陈旧的人对话》之四：给策兰）花剑的雪感伤："白雪覆盖田野，空洞的乡村/我们还要乡愁有什么用。"（《乡愁与哀愁——悼念余光中先生》）断剑的雪意象唯美而忧伤："飘着月色时也飘着雪花。”（《无题·少年游系列》之十）柔剑的雪是浪漫的精灵：“在雪的遐想中/飞升。”（《精灵》）灵剑的雪充满思辨：“我说我们可以卖火柴/擦燃的刹那可以照亮诗歌的小女孩。”（《醉雪》，未选入本书）霜剑的雪唯美而温馨：“北风抚古筝/万户掌灯密云彤/雪舞满天星。”（《暮雪》）

缘分使兄弟七剑欢聚一堂，于诗海徜徉。不同的性情和诗风，使得七剑的诗作丰富多彩。《七剑诗选》是我们的第一本合集，相信之后还会有更多。

感谢当代诗学泰斗、北京大学谢冕教授在百忙中为我们题写书名。老前辈当年力挺朦胧诗，今天嘉许七剑，给我们带来了春信般的鼓舞。

感谢朦胧诗代表诗人芒克在百忙中为我们题写书名。

感谢著名诗人、广东省作协杨克副主席为我们写序。杨先生为兄弟七剑都赠送了墨宝，还为一些剑客赠送了他亲笔签名的诗选。

感谢暨南大学出版社人文社科分社杜小陆社长和责任编辑的辛勤付出，使得诗选得以顺利出版。

感谢中山大学陈希教授在学理上给予我们的大力支持。

感谢国际商业美术设计师、何香凝艺术设计学院视觉传达设计系主任熊强博士为我们所画的肖像。

感谢著名诗人、北京大学臧棣教授，三峡大学徐建纲教授和中山大学佟君教授对我们的大力支持。

感谢各微信公众号、广大读者和“澳门晒诗码头”微信群诸友对七剑的大力支持。

霜剑起草，七剑均参与修改

2018 年 11 月 31 日